JN202223

冬と瓦礫

砂原浩太朗

集英社

目次

冬と瓦礫

第一日

巨人の背骨——。

起きぬけのぼんやりした頭にまず浮かんだのは、そんなことばだった。伸びきったアコーディオンのように無数の屈曲を刻まれた黒い脊髄が、あちこちで深い亀裂を曝《さら》けだして大地に突っ伏している。

「わかったか」

電話の向こうで進藤《しんどう》が声を高めた。つよい焦りと苛立《いらだ》ちを剝《む》き出しにしつつ、どこか幼児を諭すのに似た調子がふくまれている。

「……なに、これ」

ブラウン管に見入りながら、圭介《けいすけ》はまだ、ぼうっとしていた。映し出されているものが何なのか、しだいに判別できるようになってはきたが、ようやく目覚めはじめた脳はそれを受け止めきれないでいる。

何百メートルもの背骨にそって、色とりどりの小箱が散乱している。よく見るとそれは、弾《はじ》き飛ばされた自動車の群れだった。漆黒の脊柱をふちどる白い破線が遮音壁だということにも気づく。熱い息とともに、喉の奥からことばが滲《し》みだしてきた。

「……高速道路、倒れてる」

枕もとの電話が鳴って眠りを破られるのは、圭介にとってめずらしいことではなかった。そういうときの相手はたいてい沢田薫《さわだかおる》で、週末の午前十時ごろ、二回に一度は寝過ごして待ち合わせに遅れる圭介の耳もとで、こころなしか尖《とが》った呼び出し音が鳴り響く。だが、その朝は違っていた。ただの火曜日だったし、女の声でもない。

「お、おれ……無事や、から！」

その叫びは電話を取るなり押し入ってきて、ピンセットでつまれた脱脂綿がするように耳の奥を掻《か》きまわした。圭介は重たい唸《うな》り声をあげ、受話器を耳に当てたまま、もっそりと上体を起こす。頭から毛布を被《かぶ》って寝ていたせいで、冬のさなかだというのに、寝床にはじっとりとした熱気が籠もっていた。

「……進藤？」怪しむような声音になっているのが、自分でもわかる。電話機の横に置かれたオレンジ色の時計に目をやると、もう七時半近い。慌てて掛け布団を撥《は》ねのけた。はだけた襟元から朝の冷気が流れ込む。「無事？　って、なに」

進藤忠之《ただゆき》はほんの一瞬黙り込んだが、すぐにぶちまけるような口調でことばを継いだ。

「知らんのか、おまえは？　テレビつけてみい！」

言われるまま、のろのろとリモコンに手を伸ばし、テレビに向けて電源ボタンを押す。

高校時代からの友人である進藤は、大学入学と同時に上京した圭介と違い、地元で進学し、就職している。故郷の神戸に残った友人のなかではいちばん親しく、いまでも頻繁に連絡を取り合っていた。とはいえ、平日のこんな時間に電話をもらったことはないし、今朝の様子はあきらかにふつうとは思えない。

「なにが映ってる？」

息せききって進藤が聞いた。「こっちはテレビどころやないねん。ちゅうか、家のなか、むちゃくちゃで、テレビなんかどこにあるかわからん」

「むちゃくちゃ……？」

「ええから、なにが映ってる？」

「高速道路……折れてる」

棒読みのように圭介はつぶやいた。

「えっ、折れてる？　高速がか」

進藤の声が素っ頓狂に裏返り、苛立ちの気配がすこしだけ飛んだ。

「……そうか、そうやろな」

「なにがあった?」

「地震や。それもごっついやつ」

テレビ画面はちょうど空撮に切り替わり、住宅地の一角から炎と黒煙とが噴きあがっていた。その映像に重ね、アナウンサーが悲痛な調子でなにか告げているが、いくら耳を傾けようとしても、内容がいっこうに頭へ入ってこない。

「家に電話してみる」

言ってから、肺がぎゅっと縮んだ。圭介の祖父母が暮らしている家は神戸の中心部にほど近いが、戦後すぐ建てた木造の二階家で、かなり前からおそろしく老朽化していた。外壁はあちこち剝がれ落ち、床板はそそけだって、気をつけて歩かないと、あっという間に足の裏が刺《とげ》だらけになってしまう。近くのマンションにひとりで住む母のよし子がなんど建て直そうといっても、「まだ住める」の一点張りで先延ばしになっていたのだった。高速道路が倒壊するほどの揺れに、あの家が耐えられるとは思えない。

画面は炎に巻かれる町なみを捉えている。テロップによると、それは祖父母の家から電車で西に十数分といった距離にある地域らしい。祖父母や母の住むあたりがどうなっているのか、まったく情報はなかった。

「わかった、またかけるわ」

進藤は口早にいって、電話を切った。声が途切れ、受話器のむこうは単調な信号音に変わる。その音を聞いていると、自分の体を吊《つ》り下げていた綱がいきなり断ち切られたような気になり、ぞわりとしたものが背筋を這《は》いのぼってきた。ひとりでに指が動き、すがるように進藤の電話番号を押している。

「……現在、大変かかりにくくなっております」

機械の声だけが返ってきた。叩《たた》きつけるように受話器を置くともう一度取り上げ、リダイヤルボタンには見向きもせず、同じ番号をがむしゃらに押す。だが、何度その動作を繰り返しても、自動音声が聞こえてくるばかりだった。

圭介は荒い息を吐き、うっすら滲《にじ》んだ額の汗を掌《てのひら》でぬぐった。今度はひとつひとつボタンを確かめながら祖父母の番号を押す。つづいて母。結果はおなじで、それぞれ十回までつづけたものの、ひどい疲れをおぼえてやめ、ブラウン管に目をやった。

アナウンサーがあらためてこれまでの経緯を伝えている。地震が起こったのは午前六時前、神戸沖の淡路島《あわじしま》が震源地だという。マグニチュードは七・二と聞こえたが、それが実際にどれほどの大きさなのか、むろん理解できてはいない。震度とマグニチュードがどう違うのかさえ、はっきり知っているわけではなかった。

圭介は布団に腰を下ろしたまま、しばらくのあいだ呆然《ぼうぜん》と掌の汗を見つめていた。ようやく立ち上がり、乱暴にパジャマを脱ぎ捨てたところで、また電話が鳴る。すばやく手を伸ばし、呼び出し音一回で受話器をつかんだ。上半身は肌着一枚だったが、寒さは感じていない。

「おはよう」

相手がだれかはすぐにわかった。わるいと思いながらも、落胆の溜《た》め息をもらしてしまう。薫の声にも、どんな口調で話せばいいのかという戸惑いがありありと窺《うかが》えた。「ニュース見た？」

「うん」

「おじいちゃんたち、大丈夫？」

恐る恐るという感じで聞いてくる。会ったこともないのに、薫はいつも圭介の実家の人々を「おじいちゃんたち」と呼んでいた。ときどき圭介が、祖父と遊んだ子どものころの話をするからだろう。

「まだ連絡とれない」

「そう……」

わずかな沈黙をはさみ、薫がふだんの調子を注意ぶかくなぞるように尋ねた。

「きょう、会社どうするの？」

言われてはじめて、そのことが頭のなかから消し飛んでいたと気づく。

　圭介は右のこめかみに拇指《おやゆび》を当てて考えこんだ。ここ数日とりかかっていた仕事が一段落したところだったし、事情が事情だからおそらく休めないことはないだろう。が咄嗟《とっさ》に、憑《つ》かれたように電話機のボタンを押しつづける自分の姿が脳裏をかすめる。一日この部屋で、あれを繰り返すか、と自問するより先に声が出ていた。

「行ってみるよ、とにかく」


　勤務先のケーブルテレビ会社に着いたのは、九時半をすこし回ったころだった。渋谷を起点とする私鉄沿線の郊外にあるが、その鉄道の系列会社であるため立地がよく、改札を出てものの一分もかからず五階建てのビルに飛び込むことができる。

　圭介が所属しているのは制作部だが、外部のプロダクションに発注している番組も多く、自社で手がけているのは夕方三十分のトーク番組や地元サッカーチームのニュース、花火大会のようなイベント中継が主だった。入社四年目の圭介自身は、まだ地域の生活情報や沿線の風景といった帯番組を担当することが多い。

　全部で五十人くらいの所帯だから、制作部といってもワンフロアを堂々と占拠しているわけではない。三階の隅、七人分の机が寄り集まった一角が定位置だった。すでに部長の森《もり》をはじめ三、四人が出社していて、仕事そっちのけでテレビに見入っている。ちょうど例の高速道路が大映しになっているところだった。

「まるで映画だな」

宮島《みやじま》という四十歳くらいの主任が誰にともなくつぶやいた。その声はどこか弾んでいるように感じられなくもない。宮島は圭介に気づくと、画面からさりげなく目をそらした。あたりには奇妙にこわばった空気が漂いはじめたようだった。圭介が席につくと、一拍おいて森部長が声をかけてくる。

「川村《かわむら》くん」

部長のほうに顔を向けた。二人ぶんの机をはさんだ向こうから、尖った顎を喉元に引いて、森がこちらを窺っている。なにかを手繰り寄せるような間が空いた後、あらためて口をひらいた。「……ご実家はだいじょうぶだったか」

「まだ連絡がとれなくて」

すこし掠《かす》れた圭介の声に被さり、フロアに電話の呼び出し音が響く。反射的に受話器を取り上げると、視界の隅で、森がほうっと息をついた。

「はい、若葉《わかば》ケーブル」

「す、すみません。川村圭介の母ですがっ」

取り乱しきった声は、まぎれもなく母のよし子だった。心臓がおおきく波うつ。

「あ、おれ、おれだけど」まともに空気を呑《の》み込んでしまい、いくらか噎《む》せた。「みんな、どうなった!?」

「ああ、圭介?……ぶじや、なんとかぶじ」

よし子は息を切らしながら、どうにか言葉をつないだ。「いま、うちに避難させてる」

母が住むマンションのほうには、致命的な被害がなかったということなのだろう。圭介は矢継ぎ早に尋ねた。

「じいちゃんたち、けがはないのか?　家は崩れなかったか?」

「ふたりとも、えらいショック受けてるけど、体はだいじょうぶや。家は壁が落ちたりしたけど、立ってはいる。この先はわからへんけど」

「そうか……」

圭介は肩を震わせ、大きく息を吐き出した。今朝がたから全身に伸しかかっていた強張《こわば》りが、少しだけ溶けてゆく。

「だれか知り合いの様子は、わかるか?」

「いや、そこまで余裕ないわ。なんかあったら、また電話する」

よし子がせわしなく話を終えそうになったので、圭介はあわてて止めた。

「じいちゃんたち、出られる?」

「え?　ああ……」通話口から気配が遠ざかった。両親の様子をたしかめているらしい。

「いま寝てるわ。ほな、またな」

「あっ、おい、ちょっと」

こっちからはつながらないんだ、と言おうとしたが、その前に電話は切られていた。

受話器を置くと、まわりの目が残らず自分にそそがれていることに気づく。話の内容はおおむね察しがついたらしく、その視線には安堵《あんど》と、いくぶんぶしつけな好奇の色が混じっていた。

「みな、ぶじだったそうです」

圭介は森に視線を据え、同僚たちにも聞こえるよう、はっきりした声で告げた。森は張り出した顎をさすりながら、重々しくうなずき返す。

「ひと安心だな」

「まずはめでたい」

宮島がひとりごとのような口調で茶々を入れる。思わず頬のあたりが固くなった。そんな自分のようすを、無言のまま皆が窺っていることも感じている。宮島は自分の軽口に周囲から反応が返ってこないので、肩をすくめてみせると、机の上に散らばっていた書類を整えはじめた。

　差し迫った仕事があるものもそうでないものも、午前中はどことなく落ち着かず、つけっぱなしになっているテレビ画面を見るともなく眺めていた。ローカルのケーブルテレビだから、今のところ局として関西方面との遣《や》り取りはなく、あわただしく連絡を取り合う者もいない。

　圭介は今月下旬にインタビューを予定している作家の著作をひらいて読みはじめたが、中身がさっぱり頭に入ってこない。何度もおなじところを読み返し、結局、昼までかかって五、六ページしか進まなかった。

「飯、いきますか?」

　一時を過ぎたころ、後輩の神尾《かみお》が声をかけてきた。入社二年目で、いまだに学生気分が抜けていないと部内の評判はよくないが、圭介とは齢《とし》が近いこともあって親しく、昼食はいっしょにとることが多い。

　ふたりは社屋から出て、二、三分歩いたところにある雑居ビルの急な階段を下りた。夜は酒場になる、いきつけの定食屋だ。

　テーブル席につき、ふたりして日替わりの海老《えび》フライ定食を頼むと、神尾はおもむろに煙草《たばこ》を取り出し火をつけた。四角い黒フレームの眼鏡にオレンジ色の炎が映る。こういうとき、ことごとしく慰めのことばを口にしたりしないのが上司受けの悪い一因なのだろうが、圭介は神尾のそういうところが気に入っていた。

ふたりは運ばれてきた定食を黙々と平らげ、食後のまずいコーヒーも一気に飲み干した。そのあいだも、カウンターの後ろに吊り下げられたテレビがひっきりなしに震災のニュースを伝えている。ほかの客たちはそれを見やり、もっともらしい感想を交わしながら、思い思いに箸を動かしていた。

とうとうひとことも地震の話題を口にしないまま、ふたりは勘定をすませ、店を出た。先に立って階段をのぼりはじめた神尾が、ふいに足をとめる。背を向けたまま、ぼそりと言った。

「行くんですか？　神戸」

「え？」

圭介は途中で立ちどまり、猫背ぎみの背中を見上げる。わけもなく鼓動が速まったが、神尾はそれ以上ことばをつづけるでもない。痩せた後ろ姿が、狭い階段をあがっていった。

その夜、圭介がアパートに戻ってきたのは七時ごろだった。急ぎの仕事がなかったので、定時に退社してまっすぐ帰ってきたのだ。薫からは午後に一度、会社へ電話があり、今晩会おうと思っていたけど、どうしても残業しなければいけなくなって、とすまなそうに告げた。

　薫は新宿にある衣料メーカーで広報の部署に在籍している。新製品の発売が近く、多忙な日がつづいているのは圭介も知っていた。「べつにいいよ」と答えると、そっけなく聞こえたのか、薫は電話のむこうで一瞬沈黙していた。とりなすように実家がぶじだったことを伝えると安心したらしく、「明日は会えるから」と明るい声になって話をしめくくったのだった。

　靴を脱ぎ、申し訳程度のキッチンを抜けると、六畳のワンルームに入る。電灯をつけるより先に、目が留守番電話のランプを探していた。緑色の光が点滅していることに気づき、暗いまま駆けよって再生ボタンを押す。

「……ああ、圭介。地震のこと、聞いた？　みんなぶじやから。これから会社にかけてみるわ」

　よし子が吹き込んだメッセージだった。記録された時刻は、社に電話があった少しまえ。そのあと何件か、地元の知人からぶじを知らせる連絡が入っている。最後は、今朝聞いたばかりのだみ声だった。まだ半日もたっていないのに、ひどくなつかしいものに感じられる。

「あ、おれ、進藤。水も電気も止まってもて、ひどいもんや。とりあえず、武田《たけだ》と小林《こばやし》と藤村《ふじむら》は連絡とれた。いまのところ、まだ、その……」いきなり無言の空白が生じた。その隙間に、上空をヘリが旋回するらしい音が割り込んでいる。圭介は追い立てられ、狩り出される小動物のように体をすくませた。

「死んだ、ってやつの話は聞いてへん」

メッセージは、そこで唐突に終わっていた。

第二日

アナウンサーかレポーターのものらしい絶叫調の声で目が覚めた。テレビをつけたまま眠りこんでいたらしい。

昨夜、夜空へ噴きあがる火柱に取り巻かれていた地域が、いまは焼け野原となって余燼《よじん》をくすぶらせていた。中継は一晩じゅう続いていたのだろう。自分が寝こけているあいだに起こったことを突きつけられた気がして、苦いものが込みあげてくる。

その間にも画面はつぎつぎと切り替わり、崩壊した街や建物の映像が目に飛び込んできた。例の高速道路は、きのうからもう何十回映し出されたかしれない。真っ二つに亀裂が入ったうえ、途中の階が陥没した百貨店、屋根だけを残して完全に倒壊した神社、崩れ落ちた私鉄のターミナル駅。そのどれもが圭介にはなじみのある場所だった。

駅のなかには映画館が三つ入っており、予告編を流している一階モニターの前が待ち合わせ場所の定番だった。百貨店の地下には、お気に入りのソフトクリーム屋があって、いつか彼女をつくってそこに連れていくというのが高校時代の夢だった。結局それは果たせないまま上京したのだが、いまや、ちっぽけな夢の跡すら絶たれてしまったのだった。

映像の合間に、神戸について無数の情報が差しはさまれた。新幹線は二十箇所以上で橋桁が落下したり亀裂が入ったりして、寸断された状態になっている。進藤の言ったように市内の全域が停電・断水に見舞われ、二百件もの火災が起こっているが、消火もはかばかしくは進んでいないらしい。

すでに十万人以上が避難所に収容されている、とアナウンサーは告げ、そのことばに応じて体育館らしき建物の内部が映った。何百もの人々が、家から持ち出したものか、思い思いの毛布にくるまり、だだっぴろい空間に押し込められている。が、圭介の目をくぎづけにしたのは、隅にかろうじて映っている一角のほうだった。

雑魚寝している人々のかたわらに、何十もの白い波が広がっている。じきに、それが白布をかけられた骸《むくろ》の群れだと気づいて、圭介はテレビを消した。

なにかに急《せ》かされるように布団から這い出し、トースターへ機械的に食パンを二枚ほうりこむ。何も考えずに体だけ動かしていた。寝巻がわりのスウェットを脱ぎ捨て、ハンガーにかけたままの青いシャツと寝押ししていたチノパンを着終えたころ、パンが焼きあがる。

ハンバーガーショップでもらったマグカップにミルクを注ぎ、パン皿とならべて炬燵《こたつ》のうえに置いた。思いついて、母と進藤の家にかわるがわる電話をかけてみたが、やはりつ

味のないパンを呑み込んでいると、電話が鳴った。バターやジャムをつける気にもならず、閊《つか》えながらながらず、あきらめて食べはじめる。

「おっ、きょうは起きとったか」

妙に快活な進藤の声が受話器の向こうから届いた。

「ああ。どう、そっちは?」

「どうもこうも、家の片づけがやっと二割くらいすんだかどうかってとこやな」

「水や電気は?」

「電気とガスは当分あかんやろな。水も止まっとる。冬でまだよかった。給水車が来てくれるけど、エレベーター動かへんから、持ってあがるの、きついわ」

進藤の自宅は沖合いを埋め立てて造ったポートアイランドと呼ばれる人工島にあり、大きな団地の上層階に六十代なかばの両親と同居していた。

「それはそうと……」進藤の声がいきなり暗く、ひそやかになった。「じいさんやばあさん、連絡とれたか?」

「うん、みんなぶじだった。いま、おふくろのマンションに避難してる」

「お、よかったなぁ」進藤の口調がまた明るくなる。その移り変わりの激しさに、圭介はかすかに胸がざわつくのをおぼえた。

「いや、こういうたらなんやけど、あの家はあかんのやないか……って思てたんや。昨日から何べんも電話したけどつながらへんし。そうか、おふくろさんとこか」

「ああ……そういえば、おまえんとこ、橋封鎖されてるんだろ」

そのことは昨夜のニュースで知った。人工島は巨大な鉄橋と、コンピューター制御の新交通鉄道とで陸側とつながっているが、現在はそのどちらも使用できず、孤立した状態にあるという。

「まあな、でもラジオの話では、歩きやったら渡れるらしい。どっちみち、最低限の水や食い物は手に入るし、まだ仕事どころやないから、渡る渡らんはもうちょっと先の問題やろ」

強がりには聞こえなかった。本人の言うとおり、いまはごく限られた範囲のことで手一杯なのだろう。

「そうだ……こっちからはかからないんだ、電話」

「そやろな。いま、日本じゅうから神戸に電話が殺到しとるから」

「こっちから連絡とりたいときは、どうすりゃいいんだよ?」

「うーん、おれも電話会社の人やないから、ようわからんけど、混んでるときは公衆電話のほうがかかりやすい、という話は聞くな—

人気コンサートのチケットを取るときみたいだな、と思ったが、そのたとえは口に出せなかった。

「……わかった。あとでためしてみる」

圭介は残っていたミルクを一息に呑みくだした。

「ぼちぼち行くよ」

「ああ……」進藤はすこし名残り惜しげに語尾を飲み込むと、わざとらしいくらい明るい声で告げた。「がんばれよ」

「……それはおまえだって」重い笑いが口元に浮かぶ。それでも、せいいっぱい軽くなるように切りかえした。


圭介の出勤はラッシュの時間帯をいくらか過ぎているものの、それでも混み合うときはかなりの圧迫感をともなう。いつも三両目に乗る習慣だったが、今朝はそうしたことを考えるのが物憂く、目の前に来た車輛《しゃりょう》へ適当に乗り込んだ。

気のせいか、ふだんより混み合っているように感じる。電車の揺れにつれて、左隣に立つ中年サラリーマンの頭髪が頬のあたりに押しつけられてきた。そのあちこちにふけが浮いていたので、おもわず顔をそむける。すると、手すりへ器用に身を凭《もた》せかけた学生ふうの男が持つ新聞の見出しが目に入ってきた。

「死者１６８１人」

その先は折られていて見えなかった。いまはもう焼け焦げてしまった町が、見出しの下ではまだ炎の檻《おり》に包まれ燃えさかっている。

はっきり覚えてはいなかったが、今朝のニュースではもっと多い数、たしか二千人近くを告げていた気がする。おそらく秒刻みで死者の数が増えているのだろう。

社の最寄り駅で降りると、ホームからエスカレーターを下って改札を抜けた。目のまえに長距離バスのロータリーが開けている。その隅に、公衆電話のボックスがあった。進藤のことばを思いおこし、吸い寄せられるようにそこへ近づいてゆく。テレホンカードを挿入し、母の番号を押してみたが、機械音声が「大変かかりにくく……」と繰り返すだけだった。

圭介は溜め息をついて受話器をもどした。出てきたカードを引ったくり、つかのま手でもてあそぶ。さして考えることなく、もう一度挿し込んだ。

番号を押して一拍おく。つぎの瞬間、受話器を握った手に力が入る。やはりつながりはしなかったものの、聞こえてくるのは機械音声でなく、話し中を知らせる信号音だったのだ。

いそいで受話器を置くと、すぐに取り上げ、おなじ動作を何度も繰り返す。話し中と機械音声が一回ずつつづいたが、五度目にとうとう通常の呼び出し音が鳴った。

「……もしもし」

あっ、という叫びが思わずこぼれる。弱々しい声だが、まぎれもなく、それは祖父の正《しょう》吾《ご》だった。

「じいちゃん？　おれ、圭介」

勢いこんで呼びかける。

「圭ちゃん？」

正吾が子どものように声をはずませた。「……来てくれたんか」

圭介は息を詰めた。立てつづけに咳払《せきばら》いをし、ことばをつなぐ。

「いや、いま会社……」

「ああ……」

正吾が、うつろな響きを孕《はら》んだ吐息をもらす。ふかい藍色をした悲しみが受話器から流れ出て、圭介の足元を浸してくるようだった。母か祖母だろう、責めるように強い調子の声が背後から祖父になにか告げている。言いすがろうとすると、唐突に電話が切られた。

圭介は緑色の受話器を握りしめ、ボックスのなかで立ち尽くす。もう一度かけなおす気にはなれず、単調な信号音を聞きながら、ひどく喉が渇いていることだけを感じていた。

一階裏の社員通用口からビルに入ると、自分のフロアへ行くまえに、隅の自動販売機コーナーで缶コーヒーを買う。ブラックに近い、甘みのほとんどない銘柄が圭介の好みだった。スチール缶は思ったよりずっと熱く、冷え切った指先ではながく持ちつづけることができない。手のなかで忙《せわ》しなく転がしながら、薄汚れた壁にもたれかかった。

最後に聞いた正吾の声が、まだ耳奥に残っている。その調子にはどこか覚えがあって、さっきから何度となく反芻《はんすう》しつづけているのだった。

神尾がいつもの物憂げな足どりでエレベーターからあらわれ、隣の自販機でマイルドセブンを買う。黒フレームの眼鏡を押し上げ、世間話のような口調で言った。

「さっき、お母さんから電話ありましたよ」

「……うん」

なぜか、母はそうするだろうという気がしていたので、意外さはなかった。

「おれが取ったんですけど、まだ来てないって言ったら、伝言たのまれて」

「なんて」

「気にするな、だそうです」

それだけ告げると、神尾は火をつけていないマイルドセブンをくわえ、エレベーターのほうへ歩いていった。

かけなおすこともせず、見ず知らずの相手にみじかい言づけですませたかった母の気持ちはわからないでもない。祖父のことで圭介と混み入った遣り取りになるのが億劫《おっくう》だったのだろう。はやくも冷えはじめた缶のプルタブをあけ、苦い液体を口に含んだ。

――気にするな、って言われてもな。

唇元《くちもと》がゆがむのを意識した。いま端から見ている者がいたら、自分の表情はさぞねじれたものに映っているだろう。

そのとき、ふいに思い出した。

四歳になる直前に父母が離婚し、圭介は神戸にある母の実家で暮らすようになった。繊維関係の仕事をリタイアしていた正吾は、すでに六十代の半ばだったこともあり、父親がわりという意識は当人にもなかったようだが、圭介にとっては格好の遊び相手だった。孫かわいさもあったにせよ、祖父と関わりたがる人間が圭介以外にいなかったというのもある気がする。

正吾はだれにたいしても怒るということができない性分で、家庭内では女たちにいささか侮られてもいた。子どもはそういう力関係を敏感に見抜く。気弱な祖父は都合のいい下僕で、圭介は小さな暴君でもあった。ちゃんばらごっこをすれば刀で思い切り打ったし、野球のときは横っ飛びしたボールをどこまでも取りにいかせる。そのたびに、正吾はすこし困ったような顔をしながらも、圭介の言うがままに動き回るのだった。

小学校にあがるかどうかというころだから、二十年近くまえになる。ある雨の日曜日、母も祖母も出かけて留守で、家には圭介と正吾だけが残されていた。午後、近所の本屋で正吾に買ってもらった漫画を読みふけっていた圭介は、とつぜん泣き叫び出した。

それは、当時繰り返し再放送されていたアニメーションの原作だったが、番組とは似もつかぬ救いのない展開で、登場人物はつぎつぎと虐殺され、最後は主人公のみならず人類すべてが死に絶えてしまう。いま思えば傑出した作品だったのだが、幼児には荷が重かった。圭介はほとんど半狂乱となって、その漫画を本屋に返してきてくれと正吾に命じたのだった。

読んでしまった本を返せるのかどうかということには思いが及ばない。圭介には、その本が自分とひとつ空間にあることが、ただ耐えがたかった。正吾はやはり、いつもと同じすこし困ったような顔をしながら、雨のなかに出ていった。

しばらくすると、正吾は途方に暮れた面持ちで戻ってきた。さっきの漫画が、指のみじかい手のなかで泥だらけになっている。行く道で落としてしまったのだという。

「圭ちゃん、ごめんな。これ、返されへんわ」

正吾は心底すまなそうに言ったが、恐怖にとりつかれている圭介には承服できなかった。

「返してこい！」

泣き叫びながら、そう言って、祖父をふたたび雨のなかに追いやったのだった。正吾のほうも泣きそうに顔をゆがめ、泥まみれの本を手に出ていった。そのとき祖父のもらした吐息が、さっき電話で感じたのとおなじ悲しみをたたえていたように思えたのだ。

それから五、六年がたち、中学校へあがるタイミングで、圭介と母のよし子は手狭になった祖父母の家を出て、近くのマンションへ移ることになった。その準備をしているうち、圭介は物置部屋の隅に覚えのない菓子箱を見つけ、なにげなく開けてみた。

それが何なのか、最初はわからなかった。そこには薄汚れた漫画が五冊しまわれていたのだった。しばらくして、雨の日の幼い記憶が鈍い痛みをともなってゆっくりと立ちのぼってきた。あのあと、正吾は漫画を返したといっていたが、それはほんとうではなかったのだ。泥で汚れた漫画はそのまま、家の片隅にひっそりと隠されていたらしい。

――なんで、あんなことをいったんだろう。

そのとき、圭介はつよい悔悟の念を感じたが、とうとう正吾へのわびは言いだせなかった。その漫画は引越しの荷物にそっと入れたから、今でも母が住むマンションのどこかにあるに違いない。

なぜかいまは、その時よりもっと耐え難いものが背筋のあたりを突き刺してくる。雨の日の自分が許せなかった。あれはわがままなどではない、と思う。

醜さだ。

できることなら、昔にもどって自分を蹴り飛ばしてやりたい気持ちに駆られた。

「行くんですか」

きのう、神尾はそう言った。うかつなことに、そのときまで圭介は、じぶんが神戸へ行くという選択肢があることにすら思い至っていなかった。あまりに事態が大きすぎ、じぶんが関われることだという実感がなかったのだ。

だが、

——来てくれたんか、って言ってたよな。

圭介はつよく眼を閉じた。まな裏で雨のなかに出ていく正吾のさびしげな後ろ姿が明滅する。残った缶コーヒーをひといきに呑み干すと、エレベーターを待つのももどかしく、そのまま駆け足で階段をのぼっていった。

神戸に行くため休暇がほしい、と二人きりの会議室で告げると、部長の森はどこかほっとしたように見えた。どうしてなのか分からなかったが、森は急に多弁になって、とがった顎を撫《な》でまわしながら言った。

「有給は、まだだいぶあったよな。こんな場合だし、一週間くらいは問題ないと思う。きみの仕事は部内で分担して進めておくから、当面必要なことだけリストアップしていってくれ」

その日のランチは急遽《きゆうきよ》、圭介の壮行会ということになり、社の向かいにある鮨屋《すしや》の小ぶりな座敷が会場に当てられた。急なことなので、外せない約束をかかえていた者がふたり参加できなかったが、それ以外の部員五人は顔をあつめた。

「じゃ、とりあえずはじめるか」

森のことばを合図に、一同はビールのグラスを口にはこんだ。手放しで盛り上がれる状況でもなく、昼間でもあったので、みなどこか所在なげに、黙々と小麦色の液体を干している。

「昼間から飲むビールは最高だね」

佐田《さた》という三十代後半の部員がお決まりの文句を口にしたが、応じるものもなく、ちょうど運ばれてきた鮨桶へ決まり悪げに箸を伸ばす。向かいに座った宮島が、空になった圭介のグラスにビールを注《つ》ぎ足してきた。

「あ、すみません」

「あした行くんじゃなきゃ、今晩飲み明かしてるとこだけどな」

宮島はおおげさな口調で残念そうに言い、二杯目のビールを飲み干した。圭介はかるくうなずきながら、海老をつまんだ。

「いま、どんな感じなんですかね、むこうは」

宮島の隣にいる神尾が、彼らしい率直さで問いかけてきた。圭介は黒フレームの奥にある神尾の瞳を覗《のぞ》き込むようにして首をかしげる。

「ニュースでやってる以上のことはよくわからないんだ。電話がつながっても、あんまりくわしく聞いてる余裕ないし」

「そりゃそうですよね」

神尾はぼそっとつぶやくと、だし巻き卵を口に放りこんだ。ほかの者もおもいおもいに鮨を平らげていく。

「にしても、電話ってのは偉大だよな」

いきなり一オクターブ高くなったような声で、森がいった。「電気も水もガスもだめなのに、電話はかかっちゃうんだもんな。なんで?」

「全域でつながってるわけじゃないでしょうけど……こんど技術部門の人間に聞いてみま

しょう」

応じたのは佐田で、冗談とも本気ともつかぬ口調でつづける。「ケーブルテレビの人間としては、知っといたほうがいいでしょう」

「ケーブルテレビの人間としては」宮島が茶化すような調子で繰り返しながら、圭介に目くばせした。「ビデオカメラくらい持ってったら?」

心臓にひやりとしたものを投げ込まれた気がした。圭介はまなざしをあげて宮島をとらえる。「は?」

「いや、五百年に一度の歴史的災害だからさ。マスコミの端につらなるものとして」

宮島の顔はいつのまにかずいぶん赤らんでいた。その顔を見つめるうち、じぶんの唇がかるく震えていることに気づく。

「プライヴェートだからいいんじゃないですか」

神尾がどういうわけかV音だけを正確に発音して言った。宮島はじろっと神尾を睨《にら》みつけると、

「冗談だよ、冗談。だからお前はだめなんだっていうの」

酒臭い息とともにことばを吐き出す。座にひとつまみほどの沈黙がおりてきた。

それからは地震の話題が出ることもなく、めいめい手持ちぶさたなようすで箸をはこび、

どことなく気まずいまま会はお開きとなった。

午後いっぱい、圭介は詳細な引き継ぎのレジメをつくり、早めに退社すると、駅前のボックスから薫の会社に電話をかけた。

神戸へ行くことにした、と伝えると薫は電話口のむこうで絶句したようだったが、まるっきり予想していなかったわけでもないのか、同僚の手前をはばかったのか、抑えた声で、今日はこれからどうするの、とだけ訊《き》いた。

「いまから家にもどって、準備する」

「行ってもいい？　八時ごろになると思うけど」

「うん。晩飯はどうする？」

「あたしはなにか買っていくけど、すませてていいよ」

「わかった」

受話器を置くと、今度は実家の番号を押す。やはりすぐにはつながらなかったものの、何度かつづけるうちには通常の呼び出し音になって、母のよし子が出た。圭介は一気に告げる。

「あ、おれ、明日そっちに行くことにしたから」

「なに言うてんの？　来《こ》んでええって」

よし子は面食らった様子で声を張り上げた。「けさ、おじいちゃんが何か言うたんやろ？　気にせんでええって伝言したやないか」

「じいちゃんは関係ない。とにかく、行くから」

「そんなこと言うたかて、あんた……新幹線、途中で止まってるんやで」

「行けるとこまで行って、あとは歩くって。それより、ばあちゃんも出して。カードが切れそうなんだ」

圭介は強引に話を打ち切った。いま母を説得するのはどうにも面倒だったし、カードのことも嘘《うそ》ではない。あいにく小銭もなかった。

溜め息をついて、よし子が電話口から離れる。ほどなく聞こえてきたタエの声は、しゃがれぎみではあるものの、予想よりしっかりしていた。もともと祖母は正吾のぶんまで気丈なたちで、圭介にとっては多少けむたい存在でもあったが、こんなときはいちばん冷静に話ができる相手でもある。

「もしもし？」

「あ、ばあちゃん？　明日、そっちに行くから」

タエは一瞬押し黙ったが、すぐにきっぱりとした語調で、

「こっちは大丈夫やで」

と言い放った。「まだ余震とかあるかもしれへんしな」

「いや、もう決めたから。会社にもそう言ってきたし」

口早に告げると、タエは意外にもほっとしたように声をゆるめ、

「……わかった」

とだけつぶやいた。「気いつけてな」

「ああ。なにかほしいものある?」

「そうやなあ、やっぱり水かなぁ。ずっと止まりっぱなしやから。あとは食べるもんやろか。……あっ、ガスは使われへんからな。レンジもあかんで」

「うん、あっ、もうカードがない。じいちゃんにも行くって言っといて」

言い終えるまえに通話が切れ、電子音とともにカードがはじき出された。正吾に直接伝えたいとも思ったが、あたらしいカードを買って、もう一度かけなおすことが、おそろしく気重に感じられる。圭介はボックスを出て、そのまま駅に向かった。

電話をかけるという、ただそれだけのことに毎回考えてもみないほどの精力が費やされる。そのつど、ことの大きさを突きつけられる思いがして、暗澹《あんたん》とした気持ちが伸しかかってくるのをどうしようもなかった。

重くなった足をひきずり、圭介は電車に乗り込んだ。すでに夕刊紙を広げている人も多

かったが、いまその見出しを覗く気にはならない。はやくも暮れはじめてきた窓の外をぼんやりと眺めていた。

わずかにただよう灰色の雲片を色濃く焦がしながら、夕日がビルのはざまに落ちてゆく。その向こうへ隠れたように見えた赤いかたまりが、一瞬ののち急に姿をあらわし、照りかけてきた。正面から直接オレンジの光を浴び、圭介はおもわず目をほそめる。


アパートの最寄り駅で降りると、真っ先にコンビニエンスストアへ飛び込んだ。おにぎりや手巻き寿司など、そのまま食べられるものを手当たりしだいに籠へ入れると、ぜんぶで六十個以上になった。

それでも足りない気がしたので、スナック菓子を十袋ほど追加した。怪しまれるかと思ったが、そんな客はめずらしくもないのか、沈んだ金髪をしたレジの中年店員は無言で会計をはじめようとする。圭介はその手を押しとどめていった。

「あ、あと水お願いします。まとめて」

「ケースでってこと?」

「ええ」

店員はちらっと浅黒い顔をあげた。疲れの浮いたかさかさの肌と、右耳にだけつけた小ぶりなピアスが男をひどく老けて見せていたが、せいぜい四十歳というところだろう。

「何ケース？」

圭介は一瞬つまってから、押し出すように答えた。

「……持てるだけ」

「えっ、車じゃないの？」それまで無感情に応対していた男が、急に声を張り上げた。

「手で持つんだったら、せいぜい五本とかじゃない？」

「いや、家にはバックパックありますから、もっと大丈夫です」

「つっても二リットルが十本になると、もう二十キロだよ。二十キロ背負えるの？　お客さん、登山の人？」

「いや……」

男の勢いに思わずたじろいだ。とはいえ、二本や三本では、たいした助けにならないというぐらいは想像がつく。しばらく躊躇《ちゅうちょ》したが、ともかく二ケースぶん買っていくことにした。

食べ物の袋はむりやり鞄《かばん》に押し込み、ペットボトルはいちばん大きなレジ袋四つに分けて詰めてもらう。左右にふた袋ずつ提げると、持ち手がきつく掌に食い込んだ。食いしばった歯が、ぎりっと嫌な音をたてて鳴る。

「だいじょうぶ？　家、近く？」

店員が困惑をあらわにした顔で尋ねてきた。

「あ、へいきです。すみません」

じっさい、直線距離でいうと、ここからアパートまでは、そう遠くなかった。ただし、店を出てすぐの大きな交差点は、なぜかアパートの方向へだけは直接行けないようになっていて、信号を三回渡ってぐるりと迂回《うかい》しなければならない。

「キャリー貸そうか？」

代金を払ってレジから離れようとすると、店員が追いすがるように言った。心が大きく動いたものの、ここまでまたキャリーを返しに来ることが、どうしようもなく億劫に思える。そもそもスーツケースくらい買っておけばよかったのかもしれないが、ガラスや瓦礫《がれき》が散乱しているはずの道で、そんなものが役に立つかどうかは分からなかった。

圭介は軽く会釈だけして出口に向かった。自動ドアではなかったので、肩ごとぶつかるようにして押し開ける。はやくも息があがっていた。

夏ならかすかに薄明るさの残っている時刻だったが、目の前には暗くこごえた夜だけがにじみだしていた。それでいて、額には汗が浮かんでいる。

最初の信号が青に変わる。渡り終える前に点滅をはじめたので、あわてて小走りになると、ペットボトルを入れた袋が膝に打ちつけてきた。掌が紫色になっているのが、信号の乏しい光でもはっきりと分かる。

信号を三つ渡り切ってから角を曲がり、アパートへたどり着いたときには、喉から背中にかけて汗でぐっしょり濡《ぬ》れていた。コートの内側に熱が籠もりきっている。圭介は鞄とレジ袋を放り出すと、敷きっぱなしになっていた夜具の上へ身を投げた。汗みずくの体がすぐに冷えはじめたが、起きて着替える気力も湧かず、コートも羽織ったままで布団をかぶる。

そのまま少しうとうとしはじめたとき、玄関の鍵が開く音がした。ぎょっとなって跳ね起きたが、すぐに察しがついて、もう一度、布団に倒れこむ。

「あれ、寝てるの？」

玄関を入れば、おまけのようなキッチンをはさんで、六畳の部屋はあらかた見通せる。薫はセミロングの髪を掻きあげながら、いぶかしげな表情で圭介を見つめた。

圭介は無言のまま、投げ出してあるレジ袋を指差した。薫がキャメルのコートを脱いで室内にあがる。眉をひそめて袋のなかを覗くと、呆《あき》れたようにいった。

「これ、持って行くつもりなの？」

「うん」

答えながら、ようやく圭介は体を起こした。「水が足りないみたいだから」

「それはわかるけど……」

薫は圭介に近づくと、自分が持ってきた袋をひろげた。

「ドリア買ってきたけど、食べる？」

「……ありがとう」

起き直った圭介がぼうっとしているあいだに、薫は冷凍ドリアをふたつ取り出し、手馴《てな》れたしぐさでレンジにセットした。つづけて、いっしょに買ってきたサラダのパックを開けて皿に盛りつける。遅れて気が急いているせいもあるのだろうが、動きに無駄がない。その後ろ姿をぼんやり眺めているうち、圭介の視線はデニム地のスカートあたりに貼りつき、いくばくかのやましさとともに、下腹部の疼《うず》きを感じはじめていた。

ちょうどそんなとき電話が鳴ったので、不自然なほどうろたえ、手にした受話器を取り落としてしまう。薫に向け、人差し指を唇に当ててみせながら、息をととのえてもう一度手をのばした。

「おう、おれや」

進藤の声は、この二日のあいだではいちばん落ち着いていた。「どうや、そっちは」

「どうって……」圭介は苦笑した。「だから、それはこっちのいうことだろ」

「そら、そうやな」進藤も軽く笑った。「というても、まだ家の近所からそう離れてへんし。まあ、給水車が来てくれるんはありがたいんやけど、エレベーター停《と》まっとるから、うちまで水持って上がるんがきついなぁ」

その話は朝も聞いた気がしたが、圭介は黙って相槌《あいづち》を打っていた。進藤の家は団地の上層階にある。父母ともすでに六十代の半ばだから、水運びなどは進藤がひとりでやっているのだろう。

「あ、おれ、明日そっちに行くから」

長くなりそうな予感がしたので、圭介は話をさえぎるように切り出した。

「えっ、ほんまか」

予想していなかったらしく、進藤の声が妙な具合に高くなる。

「ああ、なんか必要なものあるか。水はさっき買っといたけど」

勢いこんで尋ねたものの、反応はかえってこなかった。どうやら、電話口を離れたらしい。「圭介、こっち来《く》んねんて」という進藤の野太い声が遠くから聞こえていた。

「もしもし?」

焦《じ》れはじめて呼びかけたとき、荒い息遣いとともに進藤が戻ってきた。

「ああ、ごめんごめん。おやじらもびっくりしとったわ。……それで、なんやったっけ」

「なにか欲しいものあるか」

受話器の向こうではまた沈黙が生まれたが、かすかな呼吸だけは伝わっている。しばらくすると、「ううん」と唸るような声が耳元に響いてきた。

「まあ、言い出したらきりがないけど……いま切実に欲しいんは、キンタベートかな」

「キン……なに？」

「キンタベート」進藤はひとことずつ区切るようにして言った。「皮膚の薬や。ちょうど切れかけとってな。これないと、ほんまに痒《かゆ》いんや。風呂にもとうぶん入られへんやろうし」

進藤はアトピー性皮膚炎が持病で、重症というわけではないが薬が手放せないのは知っていた。学生時代に圭介の下宿へ泊まりに来たことがあったが、そのときもなにかチューブの薬を塗っていた記憶がある。あるいは、それがキンタベートだったのかもしれない。

「それ、薬局にあるのか？」

「たぶん……おれもよくわからんけどな」

進藤は深い溜め息をついた。圭介は元気づけるように声の調子をあげる。

「とにかく、やってみるよ」

「悪いな」

「どうやって連絡とればいい?」

「こっちに入ったら、たぶん電話がつながるわ。公衆電話もけっこう生きてるみたいやし」

「わかった。明日、とにかくいちど電話する。三宮《さんのみや》まで来られるか?」

三宮は神戸市最大の繁華街で、東京方向からすると圭介の実家からは歩いて十五分ほど手前になる。進藤が住む人工島へは、ここを始発にして、コンピューター制御の新交通が往《い》き来《き》していた。

「ああ、のんびり歩いていくわ。そうや、西宮北口《にしのみやきたぐち》から三宮までバスが出とるらしいって、近所のひとが言っとったで」

「あ、それ助かる」西宮北口というのは、歌劇団など高級なイメージで知られる私鉄の主要駅で、神戸の東にある市の中心だった。ニュースによると、いま電車はそこまでしか通じていない。その先は歩かなければならないだろうと覚悟していたので、目の前が急に明るくなる思いだった。

「じゃあ、明日な」

「待ってるで」

受話器を置くと、軽い昂奮《こうふん》が身内に広がっていくのが分かった。いまになって、ようやく自分が神戸へ行くのだという実感が生まれてくる。手のひらが汗ばんでいるのに気づき、チノパンにこすりつけた。

振り向くと、ドリアとサラダの載った盆を持ったまま、薫がこちらを見下ろしていた。不安げなまなざしを浮かべ、テーブルがわりの炬燵に盆を置く。正面から向き合うことはせず、圭介の左側に膝をそろえて座った。

「余震あるんでしょ、まだ」

「うん。たぶん」

「でも行くんだよね?」

「ああ……じいちゃんにさ、来てくれたのかって言われちゃったんだよ。なんていうか、ちょっと借りがあるっていうのか」

「借り?」

薫は首をかしげ、困ったように頬をゆるめた。圭介もほっとして、かるく笑う。

「……それに、いまの、友だちなんだけど、待ってるって。でもまあ、それもこれもきっかけ……かな?」

薫は無言のまま、うなずいた。「好きなんだもんね、神戸が」

うつむいた首筋が、しろい。

とつぜん電話を取るまえの衝動がよみがえり、圭介は手を伸ばして薫を抱き寄せた。いきなりで驚いたらしく、すこしだけ抗《あらが》われたが、本気でないことはすぐにわかる。薫を抱えたまま、汗で湿った布団にもつれ込んだ。

「あたしはいいけど……いいの？」

うわずった声で尋ねてくる。圭介は返事をせず、白いセーターを剝ごうと手をうごめかせた。いま、あの街でこんなことをしている人間はいないだろうな、ふいにそんな考えが頭の隅をかすめる。それともこんなときだからこそ、自分とちがう肌を求めたりしているのだろうか。

第三日

新幹線のなかでは、電光ニュースやアナウンスで、神戸に関する情報がひっきりなしに伝えられている。アナウンスは、地震のためこの車輛が本来の目的地にまで行けないということをなんども告げ、ニュースの短い文章は刻々と増えていく死者や倒壊家屋の数、水道・ガス・電気の状態を繰り返し報じていた。たまに「収賄容疑で医師が逮捕」などといった関係ない記事が混じると、ふしぎなくらい滑稽に映る。現実味のないまま時間だけが過ぎていったが、いつまでたっても車内の人々にはふだんと違う様子もなかった。

圭介は何度目かのまどろみから覚めて、窓外へ視線を向けた。線路に沿って畑や人家がまばらにつづいている。その先に思いがけないほど近く山なみが迫り、何百年か前、大きな合戦の場となった原野を抱きすくめていた。

野にはところどころ雪が残っており、そのせいか列車はすこし徐行をはじめたようだった。そういえば、この辺は大雪の時季になるとしょっちゅう徐行しているなと、いままでの帰省を思い起こす。列車はすぐに長いトンネルへ入り、すこし疲れた自分の顔が窓ガラスに映りこんだ。

昨晩アパートに泊まった薫は、東京駅のホームまで送ってくれたが、そのあいだ、ほとんど会話らしい会話はなかった。多少混雑していても始発駅だから待てば座れるだろうというつもりで来たものの、拍子抜けするほどすんなりチケットも取れ、乗車する新幹線のドアがひらいたとき、ふと思いついて圭介は言った。

「あれ、だれか録画してないかな?」

それはふたりが毎週楽しみに見ている時代劇のことだった。昨日は放送日のはずだったが、さすがにその番組のことは頭からすっかり消え去っており、通常どおり放送されたのか、特別報道番組などが組まれて飛んでしまったのかも分からない。きれいに忘れていたその番組のことを、なぜか出発の間際になって思い出し、見たい気持ちはいまだ失《う》せたままだったが、とっさに口を突いて出たのだった。

言われた薫は一瞬きょとんとした表情になったが、すぐにくすりと笑みを浮かべた。

「うん、聞いとくよ——」

新幹線はむろん神戸まで通じてはおらず、ふたつ手前の京都まで辿《たど》りつくのが限界だという。ふだんなら、そのあたりまで来れば帰ったも同然という感覚なのだが、新幹線なら三十分、在来線の特急で一時間というその距離が、いまは限りなく遠く感じられる。面倒くさがって車の免許を取らなかったことを後悔する気持ちも湧いたが、いずれにせよ、いまの神戸にレンタカーを乗り入れる余地があるかは疑わしかった。

新幹線を降りたあとは、在来線で行けるところまで行き、進藤が教えてくれたバスに乗る。ニュースから判断する限り、その「行けるところ」が西宮北口で、そこから待ち合わせ場所の三宮まではおよそ十五キロ。もし歩いていたとしても、国道に沿ってひたすら西に進めば迷う心配はなかったが、その道もじっさいのところどんな状態になっているのか、まったく見当がつかない。

――十五キロか……。

いちどは歩き通すことを覚悟したはずだったが、あらためて考えると途方もない距離に思えた。

高校のころ、登山を兼ねたマラソン大会が毎冬の恒例行事だったが、あのコースはいったい何キロだったのだろう。山頂の道を走るのでひどく難儀したが、せいぜい五、六キロというところではなかったろうか。今回は、大量の荷物があるうえに、その三倍だ。三宮から実家まで、さらに一キロほどは歩かなければならないが、いまはその距離でさえ不安だった。

足元に横たえたバックパックに目をやる。空いていたからよかったが、わがもの顔で隣の席まではみ出していた。よくもこんな荷物を背負って十五キロ歩こうなど決意したものだと、重苦しい気持ちが迫《せ》りあがってくる。ともかく、これ以上は頭に浮かべないようにした。

やがて新幹線は速度を落とし、現在の終着地点である京都駅のホームに滑り込んでいった。

圭介は立ち上がり、バックパックへ手を伸ばした。ずしりとした重みが、両手を通して全身を引きずり倒そうとする。喉の奥で掛け声を発すると、一気にバックパックを持ち上げ、肩に負った。ダウンジャケットを通して鈍い重さが背筋を圧迫し、息が詰まりそうになる。履き古したスニーカーが悲鳴をあげているようだった。

通路をはさんだ席で沈み込むように座っていたサラリーマンが横目でこちらをうかがった。なにか話しかけたそうに見えたが、結局なにも言わず、顔をそむける。圭介はかるく首をめぐらし、ドアのほうへと向かった。

車輛から降り立ってあたりを見回すと、自分と同じような、いかにも神戸へ向かうという出で立ちの人間は二、三人ちらほらと見受けられる程度だった。ホーム中、バックパックを背負った人間だらけの図を想像していたので、かえって戸惑ってしまう。

ホームの窓から外を見やると、出張で何度か利用した覚えがあるホテルの薄茶色い外壁が目にとまる。つい半年ほど前にも、そのホテルのロビー喫茶室で打合せをしたことがあったが、いまやその記憶はおどろくほど現実味がなかった。報道によると、この街でもそうとうな揺れを記録したらしいが、駅から見えるかぎりでは、その残滓《ざんし》すら感じることができない。

得体のしれない不安が急速に胸へ染みとおってくる。振り払うように、圭介は急ぎ足でホームを降り、在来線のほうへ向かった。

在来線の車内では、地震による不通区間についてくわしいアナウンスがつづいていた。三宮まで運行している路線が存在しないことをあらためて確認する。

三十分ほど南西へ進むと、この地方最大のターミナル大阪駅に到着する。神戸方面へ向かう路線だけで三つの鉄道が集まっていた。やはり、ここにも地震の影を感じさせるものは何ひとつ見当たらない。

ここで進藤にしたがい、西宮北口からバスを出しているという私鉄に乗り換えるのだが、それには二、三十段もある歩道橋をわたって幹線道路を越えなければならなかった。一段あがるごとに、二ケースぶんの水を収めたバックパックが、ぎりりと音を立てて背中に食い込む。膝をつきそうになったが、焦る気持ちのほうが強かった。どうにか歩道橋を上りきり、そのままよろよろと私鉄駅舎の二階へなだれ入っていく。

圭介は立ち止まった。いきなり視界に飛び込んできたものがある。ターミナル駅だけあって、改札までのあいだに小さいながらいくつもの小売店舗が軒をならべていて、そのうちのひとつが足を留めさせたのだった。

手狭な店構えの入り口上部に、赤地にクリーム色のロゴで「ドラッグストア　ハピネス」と書かれてある。圭介は足を止める理由ができたことにほっとするものを覚え、肩から下ろしたバックパックを引きずりながら店内に入っていった。

ちょうど女性客がひとり、化粧品の会計をすませたところらしい。圭介はその客を押しのけんばかりにしてレジのほうへ踏み込んでいった。

「すみません、ほしい薬があるんですが」

自分ではふつうにいったつもりだったが、よほど血相が変わっていたのだろう。レジの中年女性が、目にかすかな恐怖を浮かべて圭介を迎えた。

「は、はあ、なんのお薬でっしゃろ」

そのイントネーションは完全にこの地方のもので、いまはじめて、神戸が近づいたのだという実感が広がる。考えてみると、東京駅で薫と別れて以来、だれかと会話を交わすのはこれが初めてだった。

「肌に塗る薬です。えっ、と……。キン……キンタベート」

念のためメモも取っておいたのだが、独特な響きの名前だったので、取り出すまでもなく覚えていた。

「……少々おまちください」

ショートカットの毛先に奇妙なウェーブをかけたその店員は、そそくさとレジを離れ、コンタクトレンズ用品の棚で品揃えを調べていた男性に近寄って、小声で話をはじめた。二、三人の客が圭介と店員たちを訝《いぶか》しげに見比べている。

ややあって、その男性が怪しむような眼差《まなざ》しを隠そうともせずに近づいてきた。胸のプレートには「店長　坊向《ぼうむかい》」と記されている。いかにもむりに作ったとおぼしき笑顔の写真も貼りつけられていた。

「すんません、お薬の名前、もう一度よろしい？」

「キンタベートです」

店長は、ああ、と喉の奥でつぶやくと、薄い頭髪を撫で上げながら深呼吸をした。「キンダベートやね、それを言うんやったら」妙に力を籠めて訂正する。「皮膚の薬でしょ。アトピーとかの」

「ええ」

圭介は軽い苛立ちをおさえてうなずく。店長はさも重大そうに声をひそめてささやいた。

「処方箋、持ってはります？」

「え？　いや」

「キンダベートはお医者さんの処方箋がないと、お渡しできへんのですわ」

「えっ……」

日ごろめったに病院へかからない圭介は、薬にそんな区別があるということもはっきり意識していなかった。「それって、どの薬局でも同じですか？」

「もちろんですがな」

必要以上にきっぱりした調子で店長が答える。「言うたらこれ、薬局の基本ですから」

「なんとかなりませんか？」

「なりませんなぁ、すんませんけど……」

店長は、あまりすまなくなさそうにいった。

圭介はことばを失い、押し黙ってしまう。店長と、いつの間にかそばにやってきたレジの女性が、うかがうようにこちらを見つめている。いかにも不審げなその視線にさらされているうち、気持ちが萎えた。ここで押し問答をつづけているひまはない、という考えが脳裏をよぎる。

「……わかりました」

頭を下げ、踵《きびす》をかえす。二、三歩すすんで振り返ると、ほっとした顔でこちらを見送っていた店長と女性店員が、急いで目をそらした。

ドラッグストアを出たところで、引きずっていたバックパックを背負いなおす。ぎりっと音を立てそうな重みが、ふたたび骨をきしませ、圭介は顔をしかめた。これを背負って神戸に行くのだ、という思いがしだいに確かな形をともなって伸しかかってくる。それが合図ででもあったかのように、

――もうちょっと、がんばってやらないとな。いくらなんでも。

突然そんな考えが浮かびあがった。機械のように足が回転し、ふたたび店内に踏み入る。ふたりしてレジに入っていた店長と女性店員は、ぎょっとした表情になって、圭介が近づいてくるのを見守っていた。

「あの、さっきの話なんですけど」

圭介はレジに押し迫るようにして、ひと息にいった。

「はあ、なんでしょうか」

店長が警戒心をあらわにした声でこたえる。女性店員は怯《おび》えた色をわずかににじませ、成り行きをうかがっていた。

「神戸の友人が欲しがってるんです」

「え？」

虚を衝《つ》かれたらしく、店長が口を半開きにする。

「地震で手に入らなくて困ってるらしいんです。どうにかなりませんか」

「いや、そない言われても……」

店長が言いよどんでいるのを見て、あらためて深々と頭を下げた。まわりの客がこちらを注視しているのが感じられる。圭介はあえて腹から大きな声を吐き出した。「お願いします」

「でもなぁ……」

圭介は頭を下げたまま、全神経を聴覚に集中させて相手の反応を聞き逃がすまいとする。すこし間を置いて、女性店員らしき声が店長になにごとかささやきかけるのが耳に入ってきた。

おそるおそる顔をあげると、女性がレジ奥の事務室に入っていくところだった。警備員でも呼ばれるのかと、慌てて店長のほうに目を向けると、こちらの視線に気づいたらしく、困惑まじりの笑みを浮かべて「やれやれやなぁ」、ぼそっとつぶやいた。

すぐに戻ってきた女性店員は、圭介に手招きすると小走りで店の外へ出て行く。バックパックを抱えて、あとにつづいた。

女性は入り口の脇に積まれた段ボールの山へ隠れるようにすると、エプロンのポケットからそっとなにかを差し出した。

「これ」

「えっ？」

目を凝らすと、女性店員の手のひらに白色のチューブが載せられている。

「うちの子もアトピーでねぇ。昼休みにもらってきたとこなんやけどねぇ」

ひどく苦い唾液が喉に落ち込んでくる。ついさっき、ほかの客の前であえて声を張り上げ、頭を下げた自分の姿が思い起こされた。なにやら、詭弁《きべん》を弄してこの中年女性からたいせつなものを奪い取ろうとしているような気持ちになる。ひとことも嘘を言っているわけではないのに、そんな気になるのは理不尽に思えたが、自分でもどうしようもなかった。

「あの……すみませんでした」

圭介がかすれた声でいうと、女性店員は急に大げさなほど明るい笑みを顔じゅうにひろげた。

「まあ、うちらはすぐ新しいのもらえるさかい」

ぐいと手を伸ばしてチューブを押しつけ、店内に駆け込んでいった。そのとき、女性店員のネームプレートがはっきりと目にとまる。そこには店長と同じ「坊向」という姓が記されていた。

ここまで来てとうとう、ということなのか、臙脂《えんじ》色の私鉄列車はあきらかにふだんと異なるようすを見せていた。平日の昼間だというのに、ちょっとしたラッシュなみに混み合っている。西へ向かう交通機関の混乱がおもな理由だろうが、原因のひとつに、圭介のような乗客が携えている荷物の多さがあった。網棚はすでにリュックやボストンバッグでいっぱいになっている。上げられない荷物は圭介のように持ち主が脇に寄せているから、車内は身じろぎすらままならぬありさまだった。

乗客たちはいちように無口だった。皆がみな神戸へ向かうわけでもないだろうに、おそろしく重苦しい空気があたりに立ち籠め、うっかり軽口など叩こうものなら、罵声を浴びせられるのではないかとさえ感じる。

冬とも思えぬ人いきれのなか、圭介は車窓を通して沿線の風景を凝視していた。古い町工場や建ってから日の浅そうな住宅が交じり合い、弱々しい日差しをまとってずっと先まで連なっている。電車のなかからひととおり眺めた範囲では、災害のあとを無残にさらけだしているような状景は見当たらなかった。もっとも、

——だから、こうやって走っていられるわけだ。

列車が停まったその先で、どんな光景を目にすることになるのか、圭介には想像もつかない。報道で途切れることなく見せつけられてきた瓦礫の塊、そのなかに自分がいるところを思い描こうとしてみたが、いま回りに充満している体温の粘っこさに気を取られ、うまくいかなかった。

現時点での終着駅である西宮北口までは、もともとそれほど長い距離ではない。各駅停車でも二十分というところだった。いくらか徐行したとしても、たかが知れている。それがわかっているから、この列車に乗り込んでじきに落ち着かなくなった。できることなら、もうすこしながく乗っていたいとさえ思う。

ひとつ手前の駅を通過したとき、圭介はふかく息を吸いこんだ。

降りれば、そのときから否応《いやおう》なく何ごとかが始まってしまう。

だが、だれかからあらためて諭されるまでもなく、自分はそのために来たのだった。

ホーム上にもう一層のフロアが載った駅舎が近づいてくる。列車はここまでしかいけない、この先はない、と誰もが承知していることを告げるアナウンスがじわりと車内に広がっていった。

列車は速度を落としてホームに入りこんでゆく。圭介は右拳に力を込めるとバックパックを引き上げ、開いたドアへ向かいながら肩に負う。水のゆれる、たぽんという音がことさら大きく耳朶《じだ》に響いた。

西宮北口駅の構造はすこし変わっていて、駅舎から出るには、ホームからエスカレーターをのぼっていちど二階に至り、そこで改札を抜けたのち、あらためて地上へ下りなければならない。圭介は切れ目の見えぬほど連なった列にならび、エスカレーターで上昇していった。

階上のコンコースに出ると、天井の中央が素通しの帯となって南北につながっていた。そこから冬の日差しが取りこまれ、うすい明るさがただよっていたが、奇妙にがらんとした、ほのぐらい空気をたたえてもいる。それがなぜなのか、あたりを見まわして、じきにわかった。

コンコースの一郭にある喫茶室やケーキ店がのきなみドアを閉ざし、静まりかえっている。その理由はトイレに向かったところで察しがついた。入り口に、地震のため断水とのことわり書きが貼られている。よく見るとその横に、個室は現在、使用できません、という一行が付け足されていた。

大阪あたりですませておけばよかったと思ったが、ドラッグストアでのやりとりにまぎれ、すっかり頭から消し飛んでいた。圭介は財布だけ取り出し、バックパックを外の壁に立てかけて、トイレのなかに入る。張り紙の文句を裏書きするように、田舎の公衆便所を思わせる臭いが広がっていた。

小用をすませると、手近の蛇口をひねってみたが、思いがけなく水がほとばしり出る、という僥倖《ぎょうこう》にはめぐまれなかった。同じように入ってきた者も試してみたり、最初から見向きもしなかったりさまざまだが、水の出る蛇口はひとつもないらしい。ニュースで必需品と言われていたウェットティッシュを取り出そうとしたが、もっと切実なときのために取っておこうと思いなおす。いくぶん気色の悪さが残ったものの、そのままトイレを出ようとした。

そのときになって、鼻腔《びこう》へ押し込まれるようなきつい臭いに気がついた。おそらく初めからただよっていたはずだが、嗅覚が麻痺《まひ》してしまっていたのだろう。

そっと視線をすべらせ、三つならんだ個室のほうを見やる。古びた扉のクリーム色が、まわりから浮き出るように迫ってきた。張り紙に添えられた一行が思い起こされ、唾を呑み込む。あたりを見回したが、トイレのなかには自分ひとりしかいなくなっていた。

便意もないのに、何かに引きずられるようにふらふらと近づき、個室のノブを引いた。

すぐに閉めた。

早足でトイレを出、バックパックを手にすると、そのまま一息に改札を抜け出る。切符売り場の脇に座り込み、息を整えようとするが、したくもないのにいま目にした光景を反溺してしまう。

汚物が巨大な卵のかたちになって盛り上がり、収まりきれずあふれだして白い和式便器に伸しかかっている。それだけではすまず、のたうちまわる怒りのように足を置くべきところにまでぶちまけられ、広がっていたのだった。

圭介は軽い吐き気を覚えたが、振り捨てるように立ち上がった。まだどこかにあった長閑《のどか》さが消し飛び、ここまで来たことを一瞬つよく後悔したものの、今さら遅いということだけはかろうじてわかっている。

左の方へ向かうとエレベーターが目にとまったが、動いているかどうかはっきりしない。もっとも、万一閉じこめられたらと思うと乗る気にはならず、エスカレーターを下りてゆく。あらためてバックパックの重みが骨に食い込んできた。

下りきったところがロータリーで、いつもなら十数系統もの路線バスがひっきりなしに往来するのだが、今はがらんとして人影もなく、周囲のビルや商店も大半はシャッターを閉ざしている。過疎地の駅前にでも来たようだった。同時に、悪い予感というよりは、考えまいとしていた事実を突きつけられた気がして、髪に指先を突っ込み、ぐしゃぐしゃと掻きまわす。

もういちどコンコースに上がりなおすと、先ほど抜けてきた自動改札脇の事務所を覗いた。五十歳くらいの駅員がひとり、所在なげに座っている。奥にはほかの駅員が立ちはたらいている気配もあったが、目に入るのはこの男だけだった。

「あの」

おそるおそるといった調子で声をかける。額に大きないぼがある駅員は妙にたっぷりした頬の肉を引きずるように顔をあげ、無言のまままうつろな眼差しを向けてきた。

「ここから三宮までバスが出てるって聞いたんですけど」

「あるわけないでしょ、そんな阿呆《あほ》なこと」

とくに激するでもなくひとりごとのように言うと、駅員は自動機械じみたしぐさでゆっくりと顔をおろした。それっきりこちらには見向きもしない。かさねて食い下がる気力も湧かず、圭介は嘆息をもらすと駅員のそばを離れた。荷物を投げだし、また切符売り場の脇に腰を下ろす。

「あるわけないよなぁ、そりゃ」

わざと声に出してつぶやいてみる。意外さはなかった。進藤の話以外、そのバスに関する情報がまったくないことに、こころの隅では気づいていたのだろう。目をふさいでいたのだと、今はわかる。

目のまえを人々が足早に通りすぎてゆく。サラリーマンにしろ学生にしろ、ふだんどおりと思われる服装や荷物の者が大半だった。

違っている、と思えたのはその表情のほうで、奇妙に生き生きとした面持ちの人が多いような気がする。ほんとうにそうなのか、自信は持てなかったが、その印象はなかなか消えなかった。

しばらくたって、ようやく両膝に力を込めて立ち上がると、荷物は放り出したまま、正面の公衆電話に向かった。テレホンカードを取り出し、緑色の機械にさしこむ。東京からかけたときのつながりにくさを思い出し気が重くなったが、なんなく通常の呼び出し音が聞こえた。肺の奥からなまぬるい吐息がもれる。

「はい」

すぐに返ってきたのは、どことなく放心したような声で、圭介には最初それが進藤だとわからないほどだった。

「圭介だけど」

「おう、今どこや」

磊落《らいらく》げな台詞《せりふ》のわりにその声は弾まず、気怠《けだる》い色を湛《たた》えたままでいる。

「西宮北口だけど——具合でも悪いのか?」

「なんで」

「元気ないから」

電話のむこうで進藤が苦笑をもらす。

「まあ、そもそも元気百倍っちゅう状況ではないわな……自分ではわからんかったけど、炊き出しのカレーに飽きたからかな」

「バスなかった」

圭介は唐突に告げた。今はそれ以上、進藤の精神状態に立ち入っている余裕はない。

「あ、ほんまに。……すまん」

さすがに申し訳なげなようすが声にあらわれたが、それほど強いものではなかった。

「とにかく、そっちに行く。三宮でいいな。待ち合わせ——どこがいい？」

無残に崩れた三宮の私鉄駅舎が頭の隅をかすめた。これまでは尋ねる必要もなく、あの一階にあるモニター前が神戸の人々にとってなじみの待ち合わせ場所だったのだ。進藤もそのことは口にしない。しばらく考えている気配があった。

「……ＪＲのほうに噴水あったやろ。あの辺でどうや」

「わかった。時間は全然よめない。途中で電話入れるつもりだけど」

「ぶじな公衆電話に行き会えればやな。いま一時か……まあ、電話はできたらでええわ。なくても夕方ごろ行っとく。どうせ、ひまやしな。あっ、テレホンカードやなくて、小銭の方がええらしいで」

「なんで」

「理屈はわからへんけど、カードでかからん電話でも十円玉ならかかるらしいわ」

今度はほんとだろうな、と切り返したかったが、口にはのぼせぬまま電話を切る。これから、いよいよ歩くんだな、とそのことばかりが頭を占めていた。

圭介はバックパックの外ポケットから、会社の資料室で取ってきた地図のコピーをつまみ出す。たいしてくわしいものがなく、いま手にしているのは、神戸の主要地域と西宮周辺までを見開きでカバーした二十万分の一の道路地図だけだった。

三宮までは国道を行くのがいちばん近く、また確実だった。ただし、その国道へ出るには、いまいる駅から一キロほど南下しなければならない。勝手知った三宮付近ならともかく、このあたりの地理には圭介もさほど詳しいわけではなかった。荷物の重さを考えると、一キロの南下そのものがはてしない行程に思える。道路もふつうの状態ではないだろうし、国道へ出る前に迷いでもしたら目も当てられない。

とりあえず、考える間が欲しかった。時間稼ぎに、まだ連絡のとれていない知人に電話することを思いつく。もういちどバックパックのポケットをまさぐり、小ぶりのアドレス帳を取り出した。

誰からかけようかとぱらぱら捲《めく》っているうち、ふっとある箇所に目が吸い寄せられる。それは、高校三年のときの担任で、いまは四十代後半になっている小里文枝《こさとふみえ》という教師の欄だった。

圭介が所属していた映画研究会の顧問でもあったので、教師のなかでは比較的こころやすいほうだった。圭介はどういうわけか年賀状だけはまめに出すたちで、小里先生にも卒業以来いまだに毎年出しつづけている。数年前、大学四年生だった圭介が教育実習で母校に赴いたときの指導教官も小里先生だった。

だがいまページをめくる手が止まったのは、そうした感慨におそわれたためではない。小里先生の住所が西宮であることに気づいたからだ。土地勘はないが、その地番から見て、駅からそう遠いところではないだろうと思われた。

あれこれ考えるよりも先に受話器を取り上げ、指を押し込むようにして小里先生の番号を叩いている。二、三回の呼び出しで、「はい、小里です」と、昔と変わらぬすこし張り詰めた声がこたえた。

「あ、川村です。K高卒業生の」

「ああ、圭介くん……大丈夫やった?」

卒業生からの電話がほかにもあったのか、小里先生はとくに驚いたようすもなく、気丈な調子のままでいった。

「いや、ぼく東京ですから……」

「わかってるって。ご実家よ、ご実家」

「あ、だいじょうぶです。いま、祖父も祖母も母のところに避難してます」

「よかった。ひと安心やね」

「ええ……いや、先生、ぼくいま、西宮北口まで来てるんですよ」

「えっ？ ほんまに」

それまでの冷静な口調がいちどにかわった。「それ、先に言わんと」

「……すみません」

圭介が言い終わるのも待たず、小里先生は息せききっていった。

「これからご実家まで行くん？ 三宮の近くやったよね。そこまで電車ないよ」

「はい、さっき聞きました」

「そっか……」

小里先生はなにか考え込むように、わずかのあいだ沈黙する。圭介は自分の心臓が撥ねうつのを聞いた気がした。

「ちょっと待っとき。車で行くから。あ、駅の北口に出とってな」

それだけ告げて小里先生は電話を切った。圭介は溜め息をこぼして受話器を置く。安堵の感情が胸をゆっくり浸していったが、その底にかすかな後ろめたさがあるのも自覚していた。こうなるのを期待していなかったといえるほど図太くはない。

だが、その感情に向き合っている余裕はなかった。小里先生は北口といった。いま圭介がいるのは南口だから、反対方向へ行かなければならない。北口へ出るには、いちど駅舎を出てロータリーから大きく迂回する必要があるはずだった。

それを避けたければ、入場券を買い、もう一度構内に入りなおして抜けることになるが、それでいいのか、と圭介は考えこんでしまう。現金は五万円ほどたずさえてきたものの、この先どんなことで必要になるかわからなかった。たとえ百数十円の金でもここは不用意に使うべきではない、と思えたのだ。とはいえ、三十キロ近い荷物を背負って駅舎を迂回するのは、あまりに気重だった。

おそらくこれはささいな問題なのだと思いながらも、自問の連鎖から逃がれられずにいる。早くもじぶんが冷静な思考を失っていることに気づいていたが、タールに足をとられたように堂々巡りから抜けられなかった。

やがて結論を出した、というより考え疲れて、ズボンのポケットから財布を取り出した。入場券を買って自動改札に投入する。ちらっと先ほどの駅員をうかがい見たが、なんの関心もない様子で、ぼうっと目を宙空にさまよわせていた。この駅員に頼んで通してもらう手もあったことに気づいたが、あとの祭というしかない。

コンコースを通って反対側の改札を抜け、バックパックを置いて一息つく。ふと右手を向いて呆然とした。どこにも通じていないと思っていた方角から、スーツ姿の男が何人か連れ立ってやってくる。圭介の記憶違いだったらしく、コンコースの外周を取り巻くかたちで北と南との連絡通路がつながっているようだ。思わずへたり込みそうになったが、急ぐ気持ちがかろうじて足を動かしていた。

北口のほうにはエスカレーターが備えられていたものの、上り専用だった。自分でも呆れるほど落胆してしまう。あきらめて一歩ずつ階段を下りると、すぐのところにタクシー乗り場があらわれる。が、そこで待つ列は見受けられなかったし、賃走車があらわれる気配もない。

ほどなく、その乗り場に青い軽自動車が滑り込んできて、助手席のドアがいきおいよく開けられた。

「はよ乗り」

スウェット姿の小里先生が顔を覗かせていう。じっさいに会うのは五年ぶりくらいだが、めだって老けたようには感じられない。化粧気の薄いやや面長の顔に円い銀フレームの眼鏡、肩のあたりで切りそろえた髪も変わらなかった。だが、その髪が垢《あか》じみ、かさついているのは、いま先生が置かれた状況と無縁ではないだろう。

「重そうやなぁ。荷物、トランクに入れといたら」

圭介はうなずき、後部トランクを開けるとバックパックを投げ入れる。軽がわずかに揺れた気がした。

乗り込んだ圭介が助手席のドアを閉めると、小里先生はキーを回して車を発進させた。駅前に広がる繁華街のほうへ走り出してゆく。

「とりあえず、行けるところまで行ってみるわ」

「あ、いや、そんなつもりじゃ……」

言いかけて、さすがに自分でも気がさし、語尾がか細くなった。「ないこともないか……」

先生はにやっと笑っただけで、ダッシュボードからヴァージニアスリムとライターを取り出し、片手で器用に火をつけた。

「これ、最後の一箱。とうとう禁煙やわ」

そういって、くつくつ笑う。

「あ……先生のところは大丈夫でした？」

小里先生の現状を尋ねるのが初めてであることに気づき、ばつが悪くなって目を伏せた。先生は落ち着いた声で応える。

「うん、なんとかね。家の中むちゃくちゃで、壁も崩れたとこあるけど、どうにか立ってる。わたしも旦那も怪我《けが》ないし」小里先生は、そこでいちどことばを切ると、ぐっと息を呑み込んだ。「でもね」

「え?」

「ハピーが死んだ。塀の下敷きになって」

「ハピー?」

「犬」

二人とも無言になっているうちに、車は細い道を折れて坂のつづく住宅街へ入り込んでいった。敷地も広く、一見して造作に費用のかかった一戸建てがつらなっている。ひどい被害を受けた家屋は見当たらないが、まったく無傷というわけでもないらしく、倒れたブロック塀や崩れ落ちた瓦が時おり視界に入ってきた。

炊き出しでも待っているのか、駐車場の隅でダウンジャケットやコートをまとった高校生らしき一群が焚き火《たび》に当たっている。その防寒具はオレンジやピンク、イエローなど総じて派手な色づかいで、スキー場でリフトでも待っているのかと錯覚を起こしそうになった。

圭介の視線に気づいたらしく、小里先生は軽く微笑《ほほえ》むと独り言のようにしていった。

「ああいうとこ、やっぱりこの辺やと思うよね。こんな目にあってんのに、なんかお洒落《しやれ》やろ。まあ、まだ被害が少ないあたりやから」

焚き火を目で追いながら、圭介はニュース映像で見た、炎に取り巻かれる町を思い出している。あのあたりは小さな町工場が密集しており、人々の生活水準もこの地域とはだいぶ異なるはずだった。

おそらく先生は、あの映像を見てはいないだろう、と思うと、ふいに、なにかざわざわしたものが喉を這いのぼってくるのを感じる。圭介は急いで話を変えた。

「三宮のあたりはそうとうやられてるって」

小里先生はうなずいて、ハンドルを切った。

「崩れかけの建物にはなるべく近づかんことやね。余震もあるし、これでおわりとは限らへんよ」

軽自動車は踏み切りを越え、大学の校舎らしき建物を左手に望みながら南へくだった。三宮へ通じる国道に合流したとたん、とつぜん景色がかわる。片側二車線ずつの幹線道路を見渡すかぎり車輛が埋めつくしていた。

その奔流に沿って大小さまざまのビルやマンション、人家に店舗などがつづいている。完全に倒壊して残骸をぶちまけているもの、傾いてはいるがかろうじて不安定な姿を保っているもの、中ほどの階がつぶれているものなどさまざまで、歩道のあちこちに土や木材、ガラス片などが散乱していた。

くたびれたスニーカーを見つめる。登山靴でも用意するべきだったかと思ったが、もともと持ってはいない。買う暇もなかったし、慣れない靴で重い荷物を背負って歩く自信はなかった。

圭介はきつく唇を噛《か》んだ。なにか言おうと思いながら、浮かんでくるものはなく、ことばが発せられない。小里先生も、ただ前を向いたまま黙っていたが、ハンドルを握る手に力が籠もったことには気づいていた。

歩道にぽつぽつと人の姿がうかがえる。近くに避難して家の様子を見に来たのか、いかにも着の身着のままといった家族づれ、倒壊したビルの状態を調べているらしい作業服姿の男、圭介のように実家へ向かっているのだろう、リュックサックを背負った若者。冬の日差しを浴び、崩れた空の下でうごめく影は、軽の車窓を通すと妙に現実味がなかった。

遅々としながらも、最初はわずかに進んでいた車の群れが、しだいに速度を鈍らせ、やがてまったくといっていいくらい動かなくなる。ふらつくような足どりで歩道を行く人波が、すこしずつ車列を追い越していった。小里先生の鼻先に苛立ちの汗が滲みはじめる。

「先生」圭介は息を押し出しながらいった。「降ります。ありがとうございました」

「気ぃつけるんよ」小里先生はかすかに逡巡《しゅんじゅん》を見せたものの、わざとらしく引き止めるでもなく、ハンドルを切って車を路肩に寄せた。圭介は助手席のドアを開けて歩道に降り立つ。靴の裏で散乱したガラスの砕ける音がした。

トランクからバックパックを出すと、かるく気合を込めて肩に負う。全身の筋肉にふたたび緊張がみなぎった。

小里先生の軽に向けて一礼すると、圭介はふかく息を吸って、国道の彼方《かなた》を見つめた。蜿蜒《えんえん》とつらなる車の列がどこまでも伸び、その果ては冬霞《ふゆがすみ》のなかに呑み込まれている。

圭介は歩きはじめた。国道の左側を、ひと足ずつ。

二階が押し潰れた家屋の前を通りかかる。散らばったガラスが陽《ひ》を浴びて弱々しくきらめいていた。急いで行きすぎようとしたが、荷物の重さに足をとられてバランスを崩しそうになる。慌てて踵《かかと》に力を入れ、どうにかこらえた。

冬の午後は早くも傾いた日差しを投げはじめている。ひと足ごとにバックパックが肩にめり込み、神経がどうつながっているのか、首のうしろがときどき痺《しび》れたように痛んだ。

足元がふらつくたび水の揺れる音が耳の奥に響く。三宮方面へ向かう私鉄バスの停留所をいくつか通りすぎたが、むろん、やってくる車輛はなかった。

視線を上げると、青地に白の交通案内板が歩道橋にかかっていた。三宮までは十二キロとある。小里先生の車で一、二駅ぶんは稼いだ勘定だった。

モーターショップのウインドウがほとんど砕け散り、そばの壁にもいちめん罅《ひび》が走っている。なかでは展示してあったらしいバイクが、何台も折り重なって斃《たお》れていた。歩道の半ばくらいまでガラスと瓦礫が飛び出しており、圭介はよろめきながら車道のほうへ迂回する。

と、男がふたり、足早にそばを通り抜けていった。

「兄ちゃん、どこから?」

追い抜きざま、一人が振り返って声をかけてきた。三十代半ばで革ジャンを着込んだその男は、時代遅れのリーゼントが妙に似合っている。もう一人はやけにでっぷりと肥え、ダウンジャケットを羽織っていたが、足元はなぜか二人とも紳士ものの革靴だった。

「……東京」

ぶっきらぼうな返事になったのは、警戒したからではなく、余分なことをしゃべるゆとりがないせいだった。男はそれがわかっているのか、もともと気にならなかったのか、

「そうか、わしら名古屋からや。がんばりや」

それだけ言うと、見る見るうちに遠ざかってゆく。よく見ると、二人ともぺしゃんこのセカンドバッグをひとつ持っているだけで、足どりにも重いところはこれっぽっちもなかった。

やりばのない苛立ちが込み上げてくる。ああいうやり方もあったということだ。ただ手ぶらで駆けつけるだけでも祖父はよろこんでくれたかもしれない。だとすると、こんな荷物は必要でなかったことになる。とはいえ、それでは単に食い扶持《ぶち》をひとり増やしにいくだけではないかという思いもぬぐえなかった。

結論めいたものなど見つかるわけもなく、ただ腹立たしさを引きずりながら圭介は歩きつづけた。これより神戸市という表示が目に飛び込んでくる。港のかたちを元にしたという市章がその脇にあしらわれていた。ここまではまだ隣の市だったのだとあらためて気づき、溜め息をつく。それでも気を取り直して歩き、もう四、五キロもいったかと思ったころ、つぎの案内板が目に入った。三宮まで十キロとある。圭介ははげしく落胆し、これからはなるべく案内板を見ないようにしようと思った。

かたわらに目をもどすと、百世帯はあろうかと思われるマンションがこちらを見下ろしていた。そろそろ電灯をともし始めてもよい時刻だが、それはできないのだろう。住人たちはそのなかにいるのか、どこかに身を寄せているのか、まっ暗な窓だけがぽっかりと口を開いていた。

道をはさんだ神社の鳥居が倒壊していることに気づく。三宮の中心部にある大きな神社が崩壊した映像はニュースでさんざん目にしていたが、あそこだけではなかったのだと思った。とはいえ、未曽有《みぞう》の災害のなかに身を置いているという実感はふしぎなほどない。いまのじぶんにとっては一歩足を進めることがなによりも重要で、どんなたぐいのものにせよ、感慨にふけっている余裕はまったくなかった。

歩くこと、歩きつづけることだけがすべてだった。なぜ、なんのために歩いているのかという問いすら頭から消え去り、ただ足を前へ出す機械になったように歩きつづける。

どれほどたったのか、腕時計を見るのも忘れたころになって、行く手をふさぐ人だかりが目に入った。子どもも入れて二十人ばかりの一群が歩道いっぱいに広がり、列をつくっている。五台ほどの公衆電話がその先に設置され、それぞれ取りすがるようにして電話をかけている人がいた。

立ち止まり、その光景をぼんやり見つめていると、小さな人影が近づいてきて言った。

「この電話、ただでかけられるんやで」

十歳くらいの女の子が圭介を見上げていた。家族の誰かが並んでいるらしく、手持ちぶさたな様子で列のまわりをうろうろしている。肩まで伸ばした髪はやはり埃《ほこり》にまみれて脂っぽく、もともと色黒と思われる顔が汚れてさらにくろずんでいたが、くっきりした瞳は強く澄んだものを湛えており、どこか人目を惹《ひ》く風貌だった。

「……ありがとう」

災害に際して電話会社がとった措置なのだろう。みな思い思いに受話器を握り、知人の安否をたしかめたり、みずからの無事を知らせたりしている。圭介は荷物を下ろし、列の最後尾についた。

日はすでに夕暮れの気配を濃くふくみ、途切れることのない車列が橙《だいだい》色の斜光を照りかえしていた。かすかに風が吹き渡り、瓦礫のかけらを巻きあげていく。圭介は放心するにまかせながら、暮れゆく街を見つめていた。

それほど長い時間がたったとは思えないが、気がつくと、圭介自身が受話器を握る番になっていた。少女の姿はもう見えなくなっている。

緑色の受話器を取り上げると、そのまま信号音が聞こえた。手帳を出すまでもなく、進藤の番号を押す。

「もしもし」
一、二度呼び出し音が鳴ったかどうかというタイミングで進藤が応える。声には心なしか焦りめいたものが含まれているように感じられた。

「おう、俺。いま、三宮に向かってる。……あと二、三時間かなあ」

「けっきょく、ずっと歩いてんのか」

すこしばつ悪げに進藤がいう。「そうだ」と答えてやろうかと思ったが、厭味《いやみ》をいう気力は残っていなかった。

「いや、小里先生にふた駅ぶんくらい乗せてもらった」

事実だけを簡単に告げると、進藤はいくぶんほっとした様子になった。

「ああ、よかったなぁ。先生、だいじょうぶやったか」

「うん、先生も旦那さんも無事だって。ただ……」

「え？」

「犬が死んだって、ハピー」

「ハピー？」

「だから、犬のなまえ」

進藤はううんとうなって、わずかな間沈黙していたが、

「まあ、犬はしゃあないやろ。というか、まだ犬でよかったたって、この際。先生には悪いけどな」

押し殺した声で言う。そのことばは妙にざらっとした感触がして、手のひらに受話器が

貼りつくような気がした。腕時計を見て、

「じゃあ、三宮で。……六時ごろかな」

とだけ言って電話を切る。後ろを気にしながらもう一度受話器を取り上げ、薫の番号を押した。会社にかける気にはなれなかったので、マンションの留守番電話に、「いま神戸についた。大丈夫だから」とだけ吹き込んでおく。実家にも連絡したほうがいいのはわかっていたが、ここでかけるとかえって歩けなくなるような気がして、そのまま電話機から離れた。

電話を使っているうち夕暮れはいちだんと深さを増し、ふたたび歩みだしたものの、圭介は足元に危うさをおぼえた。ガラスを踏まないよう、注意を払って一歩ずつあるきつづける。あと何十分かすれば完全に夜が滲み出してくるのだろう。焦る気持ちが湧き起こったが、足を速めたくても、荷物の重さに引きずられて思うようにいかなかった。

やがて歩道橋のかかっているあたりで、国道が南に向けて大きく弧を描きはじめた。そのまま道なりに進んでもうひとつの国道に合流し、まっすぐ西へ行けばじき三宮に着く。が、圭介の足どりは次第に鈍くなっていった。

この先で合流するもうひとつの国道とは、倒壊した例の高速道路が頭上を通っていた幹線だった。

ニュースで何度となく流れた、斃れた高架の映像が、振り払おうとしても、繰り返し浮かんでくる。問題の箇所がこのあたりでないのは知っていたが、足が重くなるのをどうしようもなかった。

崩落した私鉄の駅舎を横目に進み、それでもどうにか運んでいた一歩が、合流地点が目に入ると同時にすくんで動かなくなった。

バイパスの高架が倒れこみ、完全に車道をふさいでいる。高速よりは丈が低かったためだろう、手前に覗く歩道は無傷なのか人間が通れるくらいの空間はあるらしく、ぽつぽつと影が現れては消えてゆく。その先がどんな状態であるのかは、行く手がふたたび大きく曲がっているため、いま立っている位置からはわからなかった。

が、それを確かめようとする力を奮い起こすことができず、圭介は回れ右をし、来た道を引き返していった。

最初に大きく曲がった地点までもどり、あえぎつつ歩道橋を越えた。どうにか渡りきると、目のまえの細い道を西へ向かう。三宮への道のりに不安はあったが、あの国道を進む気にはなれなかった。それに、このあたりまでくれば、いくらかは土地勘が生じている。それほど迷うことはないだろうと思えた。

幹線を離れたので、道幅が急に狭くなった。圭介は小ぶりな店舗や家々が立ち並ぶなかを歩んでゆく。時おり何ブロックかへだてて国道のつづきが左手に覗いた。

まわりの風景は藍色の大気に溶け込み、自分がどこを歩いているのか、ふっと忘れそうになる。時間の感覚は麻痺し、歩き出して何時間がすぎているのかもわからなくなっていたが、時計を見るために腕を持ち上げることすらひどく億劫で、そのままにしておいた。いつのまにか、月に照らされた冬の夜を縫うようにして進んでいる。もう誰にも声をかけられることはなかったし、なにかを考えてさえいなかった。

われに返ったのは、細い道がとぎれ、急に大きな川のほとりへ出たときだった。圭介は反射的に北の方角を振り仰ぐ。ひえびえと澄んだ月光のなかに、新幹線の駅に直結するホテルの、尖塔《せんとう》のような特徴あるシルエットがかすかに望める。だとすると、三宮まではあと一キロほどのはずだった。

圭介はみずからのうちにかすかな解放の喜びが生じるのを期待したが、それはどこからも湧いてこなかった。それよりも、残された距離をほんとうに歩けるのかという不安のほうが溢《あふ》れだしそうになり、慌ててじぶんの気持ちに栓をする。

それからわずかに南下してようやく国道に合流し、そのまま道の右側を進んだ。市の中心が近づいているためか、幹線道路はその幅を大きく増し、車線の数も倍ほどになっている。夜になっても車の列《つら》なりは衰える様子を見せなかった。

あとすこしという意識が先立てば立つほど足どりが重くなる。なにかに引きずられている気さえした。

見覚えある区役所庁舎の脇を通り抜ける。とりあえず立っている、ということだけは確認できた。新交通の高架をくぐってすぐ先にある、地元新聞社のビルも崩れ去ってはいない。

道をはさんで南側に、百貨店の建物が眠りこんでいた。縦一文字に亀裂が走り、ショートケーキを押しつぶしたように、まんなかの階がひしゃげている。ビルがこんなふうに潰れうるものであることを、つい数日前まで圭介は想像すらしていなかった。特撮映画では、ビルはたいてい粉々に砕け散るか、上半分が吹っ飛ばされたりするものだ。ダルマおとしのようにビルが屈《かが》みこむなど、考えも及ばなかった。

百貨店の二階からは数え切れないほど渡った歩道橋が延びている。今のうちにそこを歩いてみたいという気持ちにあらがえず、圭介は歩道橋へつながるスロープに足をかけた。崩れるかもしれないという恐怖はふしぎなほど湧いてこない。砕けた舗石《しきいし》がひとあしごとにがらっという音をたてた。

のぼりきると、百貨店の骸を祈るように見つめたが、むろんひしゃげた階がもとに戻ることはなかった。圭介はひとつ大きな吐息をつくと、螺旋状《らせんじょう》のスロープをゆっくりと北側へくだってゆく。

ＪＲ駅舎の正面に進藤から指定された噴水があった。今は涸《か》れた泉となって夜の奥底にひっそりと沈んでいる。その中央では、五本の柱がひとつに合わさり、鋭い針となったオブジェが天を刺さんばかりにのびていた。よろよろとスロープを下りながら、月明かりを透かして目を凝らす。同時に、噴水の縁に座っていた人影が、闇から分かれるように腰をあげた。圭介は足をもつれさせながらも、その方向へ近づいてゆく。

「よう来たなぁ……！」

進藤は腹の底から絞りだすような声で呼びかけてきた。短髪で筋肉質の風貌に、目立って変わった様子は見られない。圭介はバックパックを下ろすと、慌《あわただ》しく中に手を突っ込み、ペットボトルを何本か摑《つか》みだす。全身の力が抜け、膝をついて叫ぶように言った。

「これ……やるよ。持ってってくれ」

進藤はボトルを受け取ると、声を詰まらせた。

「おまえ、こんなもん持って歩いてきたんか。阿呆やな、おまえは、ほんまに……」

「水ぐらい持ってこないと、格好つかないだろ」

冗談めかして口にしたが、格好云々《うんぬん》はともかく、そう本音から遠いことを言ったわけでもなかった。

圭介は噴水の外枠にもたれかかって腰を沈めた。ジーンズの尻を通して、冷えびえとした感触が全身に伝わってくる。息を吐くと、薄闇のなかに白い湯気の塊が浮かんだ。

「うち来るか？　おやじたちも会いたがってるで」

ゆっくりとした口調で進藤が言った。

「ああ……いや、これからマンション行かなきゃ」

「そらそうやな。そしたら明日かあさってにでも」進藤は、そこではじめて気がついたというふうにつづけた。「しばらくおるんやろ？」

圭介は首をかしげてみせた。

「……わかんねえ。とりあえず、一週間くらいってことになってるけど」

言いながら、投げ出した両足を少しずつ曲げ、力を籠めて立ち上がる。「じゃあ、行くわ。すこしは荷物も軽くなったし」

「おう、じいちゃんたちによろしく」

「うん……あ、そうだ」

圭介はバックパックの外ポケットに手を入れ、小さな包みを取り出すと、目の前にかざしてすこしおどけたしぐさで振ってみせた。怪訝《けげん》そうにしている進藤めがけて放り投げる。

進藤はとっさに受けとめたものの、なお訝しげに自分の手のなかを見つめていた。

「なんや、これ?」

「開けてみろって」

進藤が小さな紙袋を逆さにすると、白色のチューブが手のひらに滑り出た。驚きの声があがる。「キンタベートやないか! よう手に入ったなぁ」

「それでいいんだろ? キンダベートだって言われたけど」

「ああ、これこれ、まさにこれや! タでもダでも、どっちでもええがな。たすかった。それにしても、ほんまによう……」

「くわしい話は次な」

家のことが急に気になり出していた。軽く右手をあげて別れを告げると、進藤も月を背に、おなじしぐさでこたえる。圭介は、わずかに軽くなったバックパックを背負いなおし、月光だけをたよりに夜の街へ踏み出していった。

第四日

暗く深い穴の底で体がゆっくり掻きまわされるような感覚とともに眠りから醒《さ》めた。全身がだるく、節々が痛む。薄目を開けてあたりを見回すと、炬燵にぼうっと入っている人影が三つ目にとまった。

「……おはよう」

寝ぼけた声をかけると、よし子、正吾、タエの三人がもっさりした動きで首をこちらに向ける。

2DKのマンションに、圭介も入れて大人四人が転がりこんでいるのだから、かなり息苦しい。壁面に寄せた本棚には背表紙も小口《こぐち》も天地さえもめちゃくちゃになって本が押し込まれている。地震のとき、部屋中に散乱したのをよし子がともかくも詰めたのだという。圭介はその傍らに薄いマットを敷いて眠っていた。大きな余震が来たらと思うといい気はしないが、ほかに横になれそうな場所がなかったのだ。

六畳南向きの部屋が二つつながり、西側の方に圭介は横たわっていた。ちょうど隣の部屋との境目あたりに三人肩をよせあう炬燵が据えられている。とはいえ、電気は来ていないから、ただ足を入れているだけだが、それでもすこしは温かいのだろう。

異様なのは、この部屋の隅に据えられたラックで、本棚とおなじくらいの高さに上から下までびっしりトイレットペーパーが詰まっている。前後二重に並べられたものが五段あるから、少なく見ても百個はくだらなかった。そちらへ向きそうになる目をいそいで逸らす。

ゆうべ、三宮からひと駅ぶんをさらに歩いて実家にたどり着いた圭介は、どっと疲れが出て、ろくに話もしないまま眠り込んでしまったのだった。

あちこち痛む体を起こして窓の外を眺めた。港にも近い五階の部屋からは、神戸の街並みが見渡せてもいいはずだったが、細い道一本へだてて立つラブホテルのせいで、あまり見通しは利かない。きれぎれにビルや道路が覗いているだけだった。

あくびをしながらトイレに向かう。ドアを開けると、かなり強いアンモニア臭が鼻を突いた。顔を背けて小用を足したが、確かめるまでもなく、便器のなかが黄色い液に満たされている。息を止めて廊下に出た。玄関先に置きっ放しにしていたバックパックからウェットティッシュを取り出すと、指先を拭ってごみ袋に投げ込む。

「トイレ、いつ流すの」

声がすこし尖っているのが自分でもわかる。よし子が面倒くさげに応えた。

「大が出たとき。汲《く》んだ水、水洗タンクに入れとくねん」

母たちはもう食事をすませたらしく、圭介が東京から持ってきた食べものの包みが炬燵の上に残っていた。そのそばには、まだ封を開けていないおにぎりがいくつかと、ペットボトルの水が一本置かれている。それを見つめていると、あれだけの大荷物を持って自分がここまでやって来たことが、あらためて不思議に思えた。

圭介は鮭《さけ》のおにぎりをつかみ、封を開けると中腰のままほとんど一口で平らげた。喉が詰まりそうになり、あわてて右手をペットボトルに伸ばす。二リットル入りの容器は意外なほど重く、取り落としそうになって左の手を添えた。コップも見当たらなかったので、そのまま喉に水を流し込む。

「重かったやろ」

タエがぽつりとつぶやき、よし子が同意するようにうなずく。昨晩はそんな話をする間もなく、「食べ物と水もってきたから」とだけいって、倒れこんで眠ってしまったのだった。

「いや、だいじょうぶだって」

面映《おもはゆ》さを紛らすように、あいまいな微笑を浮かべ、そっと正吾の顔を覗く。八十半ばにしては皺《しわ》が少なく、どこか子どものようだった。祖父もそれに気づいたのか、圭介を見返してきたが、面《おもて》に喜びの色があらわれるでもなく、その瞳はただ茫洋《ぼうよう》として光がない。すこし拍子抜けした気になったが、振り払うように勢いよく膝をのばして立ちあがった。

「むこうの家みてくる」

祖父母の住まいのことである。このマンションからは歩いて十分もかからない。まずはそこからはじめようと思った。

「わたしも行こか」

よし子が体を浮かせかけたが、

「いまは、ひとりでいいよ」

手で制する。どことなく虚《うつ》ろな祖父の表情を見ていると、祖母とふたりきりでここに残していくことがどうにも不安に思えたのだった。

「ほんなら、ちょっと下まで」

いいながら、よし子がついてきたので、話したいことがあるのだろうと察しがついた。ドアを開こうとしたが、簡単にはいかず、肩で押すようにしなければならない。白っぽく塗られたマンションの廊下に出ると、よし子がつづいた。

「三千人やて」

出し抜けに母がいった。

「は？」

「死んだ人の数」

また増えてる、と圭介は思った。神戸市の人口がどれくらいだったのか、正確には知らないが、百万とか百五十万とか聞いた覚えがある。割合から見て多いのかどうかは判断できないものの、ひとつの災害で死んだ人間の数として想像を絶しているということくらいはわかった。

どう返していいか思いつかなかったので、圭介はぶっきらぼうにつぶやいた。

「話って、そのこと？」

「ちゃうちゃう」

よし子は目の前で手を振ると、やはり唐突に告げた。「おじいちゃん、ぼけてきたかもわからん」

圭介は唾を呑んだ。五階建ての小さなマンションなので、エレベーターはついていない。ふたりはゆっくり階段を下りていった。各階に三、四世帯は入っているはずだが、ほかの人影はまったくうかがえない。

「なんでそう思うの」

「こっち連れてきてから、ずっと炬燵に入ったままぼうっとしてるし、いつも口のなかでもにゃもにゃ言うてるし、おまけになんかおしっこ臭いしな」

「まだショックが抜けてないんじゃないの」

「それはそうやけど……」

そこで一階についた。エントランスなどという気の利いたものはなく、集合ポストの向こうは、そのまま扉もなしで屋外につながっている。祖父のことは気になったが、もともとのんびりした質《たち》のひとではあるし、と自分に言い聞かせる。圭介は、

「またあとで」

話を放り出すようにして、外へ出て行った。

振り返ると、ジャージ姿のよし子が、背中を屈めてたたずんでいるのが目に入る。六十にはまだ間のある母だが、急に齢を重ねたように見えた。

ふっと目を逸らした圭介の体が凝り固まる。母のすぐ脇、マンションの外壁に一メートルはあるかと思われる巨大な亀裂が入っていることに気づいたのだった。

マンション前の坂をくだった圭介は、灰色をしたJRの高架に沿ってすこし東に歩いた。このあたりはもともと小さな飲食店や事務所が多く、郊外にくらべればじっさい住んでいる人間はそう多くない。今日は金曜だったはずだが、もちろんまともに開いている店はなく、休日の朝のようにひっそりしていた。

信号は消えたままになっており、左右を見回してからゆっくりと渡る。車の通行はまばらなようだった。

高架をくぐるのは、やはり嫌な気分だった。今すぐ崩れる可能性は低いとわかっていても、万一のことがちらつく。昨日、道みち目にしてきた倒壊家屋の数々が頭に浮かんだ。が、高架はえんえんとつづいており、どこかで抜けないかぎり祖父母の家にはたどり着けないのだった。

圭介は大きくひとつ息を吸い、小走りに高架を駆け抜けた。ホルモン焼きの店を通りすぎたとき、視界の隅にひっくり返ったままの店内が映る。

もういちど信号を渡るとすぐ、東西に走るアーケードが目に入った。むかしから慣れ親しんだ商店街だ。地面のタイルはあちこちに亀裂が入り、下の土がむき出しになっていた。店の片づけをしているらしい人影をいくつか見かける。圭介はアーケードを抜けて南へ走り、最初の道路に行き当たったところで、思わず足をとめた。

道をはさんですぐ正面にあったはずの古い旅館が完全に倒壊し、むくろを曝していた。屋根瓦があたりに散らばり、折れた柱が皮膚から飛び出た骨のように見える。

圭介は鼓動が速まるのをたしかに感じていた。汗を滲ませながら角を曲がり、三軒目のあたりに目をやる。

ひとまず安堵の溜め息が洩《も》れ出た。四歳から十二歳までをすごした家は、まだそこに立っている。マンションに越してからも、近いのをいいことに毎日出入りしていたから、なじんだ時間でいえば十五年ほどにもなった。

隣の眼鏡屋から三十代半ばの男がのっそりと顔を出す。白いTシャツは汗と泥にまみれ、ジーンズも汚れ放題だった。男は圭介に気づくと、「おお」とうめくような声をかけてくる。子どものころは容赦なくいじめられた相手だったが、むこうはまるっきり忘れているらしい。

「いつ来たんや。おじいちゃんらは、マンションのほうか?」

「うん、きのう」

「どうやって、ここまで」

「西宮から国道歩いた」

「えっ?」

男は信じられないというように、声を張り上げた。「国道のまわり、そうとうやられてるってニュースで言うとったで。ようけ人も死んだって。……のあたりとか」

男が口にした地名は、たしかにきのう圭介が通りすぎて来たなかにあった。いちいち番地を確認したわけではないが、倒壊した神社のすこし向こうあたりだったはずだ。圭介はぐっと息を呑んだが、つぎに吐き出したときは、まるで違うことを口にしていた。

「店は？」

「眼鏡やからなあ」男はうっそり笑うと、投げやりなしぐさで首を振った。「みんな割れてもたよ」

急ぐ気持ちを抑えられず、はやばやと話を打ち切って圭介は家の前に立った。築四十年以上の木造モルタル。三十坪を切る敷地にめいっぱい建てられているので、隣家との隙間はないにひとしい。中はあちこちガタが来ていて、よく今まで立っていたというのが正直なところだった。そんな代物が、外壁こそあちこち剝がれ落ちているものの、倒壊もせずまだそこにあることのほうが、むしろ不思議に思えてくる。

玄関の引き戸は途中まで開いており、人ひとりやっと通れるくらいの隙間だけができている。おそらく建てつけがゆがみ、そこまでこじ開けるのが精いっぱいだったのだろう。覗き込むと、薄暗い穴がすっぽり口をあけてうずくまっているのが見えた。

圭介は体を斜めにして、三和土《たたき》にそっとつま先を踏み入れた。上がり口からつづく細い廊下は、どこから降ってきたのかと思うほど大量の土や埃にまみれ、ところどころ砕けたガラスも混じっている。

「土足だよな、どう見ても」

言いわけのようにつぶやくと、圭介は靴のまま上がりこんだ。床がざりっという音を立てる。自分の家に土足で乗りこむという振る舞いは、いかにも異常事態という感じがして、まわりの薄暗さとも交じり合い、余計に気持ちを滅入《めい》らせた。

祖母は呆れるほどものを捨てない人で、廊下にまで棚を据え、使う当てもない貰《もら》い物の食器だのタオルだの包装紙だのを雑多に詰め込んでいた。それらが、いま砂浜をひたす波のように散乱し、行く手にひろがっている。

ことさら乱暴に足元を踏み分け、圭介は奥へ進んでいった。六畳ほどの居間兼食堂へ入った途端、足が竦《すく》む。

二メートル近い食器棚が、ちょうど部屋を真っ二つに割って倒れこみ、背中を見せていた。そのおかげで長年ふさがれていた窓が姿をあらわし、かすかな日差しが室内に流れ込んでいる。とはいえ、そこから覗くのは隣家の古ぼけた壁でしかなかった。

部屋の隅に、見慣れぬ黒い塊が転がっていると思ったら、それはテレビ受像機だった。テレビの位置はそんなところではなかったはずだがとあたりを見回すと、かるく二メートルは離れたところに記憶どおりテレビ台が据えられている。こちらは激しく動いた形跡が見当たらなかった。

「飛ぶか、テレビ……」

また自分に言い聞かせるように洩らすと、圭介は何度目かの溜め息をついた。

倒れた食器棚を越えて台所のほうへ行く気にはならず、左手に空いている二階への上がり口をのぞいた。細く、急な段が階上へと伸びている。幼いころ、遊びに来た友だちはみんなこの階段が怖いと言っていた。おそろしく急なことももちろんだが、昼間でも電灯なしでは上るのをはばかるような薄暗さが気味悪がられたのだろう。圭介は一段目に足をかけてみた。ぎいっという軋《きし》み音《ね》があがる。それ以上のぼっていく気持ちは失せ、もう一度居間に目を向けた。

食器棚やテレビだけでなく、炬燵やラジカセ、壁掛け時計など、部屋にあったものの大半はその場所から大きく外れていた。が、テレビ台の隣にある書棚は、作りつけだったためか、もとの場所にそのまま立っていた。

本は部屋中に四散していたが、なぜか一段分のＶＨＳテープだけが行儀よく収まっている。それは、圭介が高校生のころ、届いたばかりのビデオデッキに夢中になり、小遣いをはたいて買ったテープだった。当時好きだった時代劇などを録画させてもらった記憶がある。古いのはもう十年近く前のものだから、とうに見られなくなっているかもしれないし、そもそも圭介自身その存在をすっかり忘れていたのだった。

並んだテープを見つめていると、ふいに指先が震えるのを感じた。自分の肉が、なんらかの感情に突き動かされて揺れている。それが憤りなのか、哀《かな》しさなのか、恐怖なのかはまったくわからなかった。

圭介は床にしゃがみこむと、散乱した食器や本を憑かれたように取りのけはじめる。しばらくそうしているうち、ようやく求めるものを見つけることができた。

摑みだしたガムテープの輪から一メートル分近くを引っ張りだし、ビデオテープが入った段の前面にバリケードを作るように張り渡す。つぎに地震があったら、こんな処置でどうなるものでもないということはわかっているつもりだし、だいいち、今度はこの家じたいが倒壊するかもしれない。それでも、こうせずにはいられなかった。

一段だけガムテープでぐるぐる巻きになった書棚を見つめながら、しばらく立ち尽くす。やがて踵をかえすと、またざりざりと音をたてて廊下をもどっていった。

外へ出ると、頭をかたむけ、家の屋根越しに冬の太陽を仰いだ。ひどい疲労を覚えていたが、まだガムテープを持ったままなのに気づき、急に腹立たしくなってくる。戸の隙間から、玄関の奥に思い切りテープを投げ込んだ。

隣家の軒先に、男の姿は見えなかった。また店内に戻り、残らず割れてしまったという眼鏡の片づけをつづけているのだろう。

圭介は、いきなり駆け出すと家の前の道を渡って細い路地に入っていった。幹線道路に突き当たって左へ曲がり、歩道橋が見えたあたりで車の途絶えた道を一散に駆けぬける。その先には、神戸の象徴ともいうべき港があった。

四歳のとき、離婚した母とともに神戸へもどって来た圭介は、そこにあった保育所へ通うことになった。地震のずっと前からその保育所はない。いつなくなったのか、くわしくは知らなかった。高校生のとき、港に面した公園が整備され、こざっぱりしたデートスポットとして生まれ変わったから、その頃かもしれないし、もっと前かもしれない。

公園内のどこかに、かつてその保育所があったのはたしかだが、いまは面影もなく、おぼろげな記憶だけでは探しようもない。それに、保育所がなくなったのは少しさびしかったが、新しい公園は圭介の目から見ても雰囲気がよく、好ましい場所に思えたから、いやな気はしなかった。

その公園へ圭介は駆けこんでいった。息が切れ、膝で両手を支えて肩を大きく上下させる。いくらか落ち着いて顔をあげると、港の岸壁が雪崩を打ったようにくずれているのが目に入った。海事には素人の圭介も、これでは船が接岸できないだろうということぐらいはすぐに想像できる。その向こうでは、泥海のなかで巨大な黒い魚が天を仰ぎ、あえいでいる。それは夏や週末に若者たちでにぎわうレストランの隣に立つオブジェだった。

圭介は眉をひそめた。公園の地面があきらかにふつうの状態ではない。溶けだしたピーナッツバターを連想した。足元の煉瓦《れんが》が割れ、その裂け目から黄土色のぬかるみが一面に広がっている。

おそらく、これが液状化というものなのだと見当をつけた。今回の報道ではじめて知ったことばだ。いまだによくはわからないが、地震の衝撃によって砂粒間の水分が動き、埋め立てが崩れる現象、ということらしい。神戸市は数十年来、埋め立てを進めて海のほうへと居住地を広げてきたから、もしそうした地区でのきなみ液状化が起こっているとしたら、問題はおそろしく深刻なはずだった。

その連想から、進藤忠之のことを思い出す。進藤と両親が住んでいる人工島は、なかでも代表的な埋め立て地だった。おそらく、あちこちで液状化が起こっているのではないか。きのう話した様子からして、今日明日なにか危ういことが迫っているという感じではなかったが、いちど連絡を取ってみようと思った。

あたりを見回すと、緑色の公衆電話が目についた。近づいて、テレホンカードを差し込む。だめかと思ったが、さいわい通じてはいるようで信号音が聞こえた。そらで番号を押すと、すぐに進藤の父親が出る。勤め先の市役所を定年退職し、のんびりと日々を送っていたはずの人だった。

「ああ、圭ちゃんか。……忠之なぁ、いま水くみにいっててんねん」

その声音はひたすらおだやかだったが、内心はいまひとつ窺えなかった。

「じゃ、あとでまたかけます」

「すんませんなぁ……あっ、待ってんか、戻ってきたわ」

しばらく間が空き、やがて電話口から荒い息とともに進藤の声が聞こえてきた。コインじゃなくても通じたぞ、と言ってやろうかと思ったが、やはり軽口を叩く気にはなれない。

「おう、わるいわるい。水もらいにいっとってな」

「聞いたよ。……なぁ、お前のとこ、液状化は大丈夫なのか」

「なんや、いきなりやな。まあ、あちこち、砂が吹いたみたいになってはおるで。向かいの小学校の校庭なんか、ほとんど田んぼやな。あれ、ただの泥なんかなぁ。なんか悪いもんとか混じってんのかな。なるべくよけたいとは思ってんねんけど、ちょっと無理や」

「おれにもよくわかんないな。液状化ってことばじたい、今回はじめて聞いたし」

「まぁ、それはおたがいさま。……で、急にどうしたんや」

「いま港の公園にいるんだ。いちめん、ぐにょぐにょでさ」

「なるほど。あそこも思いっきり埋め立てしとるからなぁ」

「うん……」

「そういえば、お前んとこ大丈夫やったか？」

「ああ、だれも怪我はないよ。マンションは水とか全部だめだけど、急にどうこうなることはないと思う」

言いながら、マンションの玄関脇に入った亀裂を思い出し、身を固くする。あのマンションも人工島も、差し迫った危機に直面していないだけ幸いなのだという気がした。

「ところで、今日うち来るか？　どないする？」

「あ……」

そのときはじめて、誘われていたことを思い出した。「ちょっと、家のこととか考えないといけないからなぁ」

何気なく口にした返事だったが、いったあとに不自然な沈黙が生じて、われに返る。その無言はどこか不穏な気配をはらんでいて、気持ちを落ち着かなくさせた。

「……そしたら、また連絡くれ」

重い扉をこじ開けるような口調で進藤がいう。圭介は戸惑いながら、「ああ、うん」とこたえて電話を切った。鋭い冷気をふくんだ風が、剝き出しの頰を刺して吹きすぎてゆく。置いた受話器を握ったまま、いま唐突におとずれた間の意味を考えていた。

進藤は、おれが人工島の液状化をおそれ、行くのをやめたと取ったかもしれない。何度も会話を反芻したあと圭介は思った。もしそうだとしたら、あきらかに誤解だが、急いで釈明の連絡をするのは、逆にわざとらしい気がする。それに、いまはもっと先に考えねばならないことがあった。

圭介はおそるおそる岸壁に近づいていった。そのあたりに駐車していたものなのだろう、眼下では二台の車が海に沈み、屋根とボンネットだけを見せて波に洗われている。

きのうから目にしたあらゆる光景が、脳裏から剝がれおちて堆《うずたか》く積もっていく。途中までしか行けない電車、散乱したガラス、倒壊した家屋、国道を埋める車輛の列、道行く人々、茫然とした顔の祖父母、ビデオテープ、液状化、岸壁……。自分がその中でなにをできるのか、なにをしたらいいのか、圭介はひたすら考えつづけた。

圭介がマンションへ戻って来たときには、うすい雲にさえぎられた太陽が時おり中天から顔を覗かせる時刻になっていた。玄関先の亀裂にちらと視線を走らせてから、階段を駆け上がっていく。五階まで辿りつくと、背中のあたりに冷えた汗が滲んでいた。

開きにくいドアをなんとかあけると、ちょうど入り口脇のトイレから、正吾がのっそり出てくるところだった。朝、よし子がいったように、祖父からはたしかにつよいアンモニアの臭いがただよっている。

圭介はことさら張りのある声をつくっていった。

「ただいま」

「ああ……」

祖父の反応はあいかわらず膜一枚へだてたようにぼんやりしていて、胸をざわつかせた。靴を脱いで室内に入ると、よし子とタエはまた炬燵で圭介の持ってきた菓子パンを食べている。

「食べ終わったら、ちょっといいかな」

よし子に向かっていうと、圭介は意味もなく本棚の背表紙を指でなぞった。漫画の横に逆さになった文庫本が押し込まれ、その隣にはずいぶん昔にタエかよし子が買ったらしい育児書が並んでいる。見ようとしなくとも、積み上げられたトイレットペーパーのラックに目が向き、深い溜め息をついた。

「ええで」

呑み込むように食べ終えたよし子が、目顔でベランダを指す。靴下のまま出ると、冷え切ったコンクリートの床が足の裏を刺した。

「寒《さ》みい」

思わずつぶやいたが、よし子は無反応で、自分だけサンダルを履いて平然と出てきた。

「じいちゃんとばあちゃんのことだけど」

圭介が切り出すと、よし子はだまってうなずいた。

「とりあえず、おふくろもいっしょに、三人でおばちゃんところへ避難したらどうかな」

おばというのはタエの妹のことで、夫に先立たれてから、三重県の名張《なばり》市というところにひとりで暮らしている。動物好きで、家にはつねに犬が二、三匹と猫が五、六匹はいた。それがめずらしく、子どものころは圭介も長い休みになるとよく遊びにいったものだ。

「おばちゃんとこって、あんた……」

言いかけるよし子を手でさえぎって、圭介はいった。

「もう了解はとった。さっき電話したんだ」

「えっ？」

よし子は目をむいて甲高い声をあげた。「あんた、そんな勝手なことを」

「悪《わ》りい。でものんびりしてる場合じゃないだろ。このマンションだって、暖房も入らない、あったかいものも食えない、トイレの水も流せない。こんなとこにいたら、じいちゃんたち、どんどん弱っちまうじゃないか」

こんなとこ、という言い方が気にさわったのか、よし子は眉間に皺を寄せて食ってかかった。

「避難所よりましやわ」

「は？」

「あんた、この先の中学校見てきてみ。校庭から校舎から、家をなくした人だらけやで。みんな寒い寒い体育館で凍えながら寝起きしてんねん。それに比べたら、自分のうちにいられるだけましや」

「いや、どっちがましかって問題じゃないだろ。電気や水道だって、回復するまでにひと月やふた月はかかるっていってんだから、そのあいだにひどい風邪でもひいたらどうすんだ」

圭介もきつい眼差しで母親を睨みつける。

「もうええ」

よし子はむっとして口を真一文字に引き結んだ。「あんた、東京に帰り。こっちはあたしがなんとかするから」

「なんとかなってないから、おばちゃんとこに行けって言ってんだろ」圭介もまるっきり血がのぼっていた。

「あんた、昔からえらそうなことばっかりいう子やったけど、治ってへんな」よし子が勢いこんで毒づいた。

「うるせえ、息子に六年間も毎日ほか弁食わせといて、母親づらすんな」

吐き捨てるように言うと、よし子がぐっと詰まった。

我ながら完全に逸脱していると頭の隅で思ったが、滑り出したスキー板のようにことばが転がっていった。ほか弁云々は、中学校へ上がるころ、母子ふたりこのマンションに引っ越してきてからのことだ。料理嫌いのよし子は、毎晩、五百円玉を圭介に渡して家庭教師のアルバイトに精を出した。ちょうどマンション前の坂をくだったところに弁当屋があり、夕飯はひとり、時代劇の再放送を見ながら毎日そこの弁当ですませていた。

当時は働く母親というのはそんなものかと思っていたが、成長してそのころの事情を聞き及び、いささか憤りを覚えるようになった。離婚してほんとうに苦しかったのは最初の五、六年で、マンションに越すすこし前、私立の高校に教員として就職してからは、ずいぶん余裕ができていたという。にもかかわらず、禁止されている家庭教師を毎晩つづけてまで稼いでいたのは、家事より貯蓄のほうに面白さを覚えたというのが本音らしかった。そのアルバイトは食事つきが条件だったと聞いて、よけい腹が立ったものだ。

ひとつの怒りが、糸を引きずるように新しい怒りを呼び寄せてゆく。とめようとしてもことばが勝手に出口を見つけて流れ出た。

「だいたいなんだ、あのトイレットペーパーは。まだ学校からくすねてんのか、教師のくせに。窃盗じゃねえか、窃盗」

よし子はうつむいたまま、唇を噛んで肩を震わせた。

窮迫していた時期の記憶が拭えなかったのだろうが、母の吝嗇《りんしょく》はある時期から病的な状態になっていて、風呂は電気を消して入ることを強制されたし、通学定期代はひと駅先からの分しか渡されなかった。おまけによし子は自分が勤める学校から毎日ひとつずつ備品のトイレットペーパーを持ち帰っていた。

高校生の圭介が、そんなことしていいのか、と問うと、「みんなやってることや」と言い放ったものだ。さすがにそんなことはないだろうと思ったが、教員免許まで取りながら、圭介がその道へ進まなかったのは、案外このあたりに遠因があるのかもしれなかった。

「たいがいにしないと、くびになるぞ、くびに」

「もうなったわ」

よし子が忌々しげに顔をあげた。圭介は思いがけない切りかえしに体を硬直させてしまう。

「えっ？　いつ」

「去年の秋。クラスの生徒に見つかってもうてな」

「聞いてないぞ。正月にも帰っただろうが」

「話したってしゃあないやろ。おじいちゃんたちにもまだ内緒にしてるんやし」

唖然《あぜん》としている圭介に向かって、よし子はひどく卑しげな笑みを浮かべた。

「心配せんでええ。マルチで貯《た》めた金もあるから、たぶん死ぬまで食べていけるわ」

「いいかげんにしろっ」

圭介は荒々しく肩を波立たせるとベランダから室内に入った。よし子は強張った笑みを顔に貼りつかせ、立ちっ放しになっている。炬燵に入って微睡《まどろ》んでいる正吾たちの脇を抜け、靴を突っかけてそのまま外に出た。

階段を駆け下りると、小走りで坂をくだってゆく。こんどは高架をくぐらず、線路に沿って東へすすんだ。道沿いの店舗は残らずシャッターを下ろし、あるいは崩れて沿道に瓦礫や土くれを撒《ま》き散らしている。ときおり、焼け焦げた飲食店の跡に出くわして立ちすくんだり、線路を一本の電車も走っていないのに気づいて溜め息をこぼしたりすることはあったが、怒りに駆られたまま足を動かしつづけた。

ふいに自分を取り戻したのは、見覚えのある光景が眼の前に広がったからである。道一本はさんだところに、私鉄の三宮駅が崩れてうずくまっている。映画館が三つ入っているその建物は、上映中に電車の振動が伝わってくるところに妙な親しみがあって、圭介には子どものころからなじみの場所だった。一階のモニター前は待ち合わせの定位置だったし、三宮中心部の代表的な建造物でもあったから、今回のニュースでも何度となく目にする機会があった。

あらためて向き合うと、駅舎の被害は思った以上のものであることがわかってきた。私鉄会社のなまえと駅名が記された大きな看板はまっぷたつに折れ、駅舎にめり込んでいる。その駅舎じたいも巨大な足に踏みつけられたかのようにひしゃげ、圭介のいるあたりまで残骸が押し寄せていた。寒々とした昼の光のなかで、剝き出しの鉄骨が空に突き上げられている。

もうあそこで映画を観《み》ることはないんだな、と思うと急に底冷えのするような悲しみに胸が浸された。それは、昨日この地に来てから初めて味わう感情だったかもしれない。

はやくも仕事が再開されたのか、人通りは思ったより多く、まるで何十年も前から街がその姿であったかのごとく平然と歩いているように見えた。

駅前は小さな広場になっていて、バスの停留所もあったが、むろん発着する車輛はない。広場のまんなかには、くたびれたグレーのスーツを着た中年男がひとり突っ立っていた。なぜかネクタイだけが目に痛いほど鮮やかなピンク色をしている。男は長めの頭髪をかきむしるようにして、道行くひとびとになにごとか語りかけていた。

「……信じましょう……信じなさい」

男はそう告げていた。宗教、おそらくは新興系のそれに属する布教師かなにかだろうが、耳を傾けるものはほとんどいない。ただ二、三の老人が立ち止まり、放心した表情でかたわらにたたずんでいる。圭介は歩きつかれた足をとめ、広場のオブジェに腰をおろした。聞くともなく、男の声が耳に飛び込んでくる。

「信じなさい……」

突然、自分でもおどろくほど腹立たしい思いに駆られ、座ったばかりの腰をあげた。ほんの二、三メートルくらいの距離を置いて布教師の横顔を凝視する。

その男はおそろしく痩せていたが意外に上背があり、長身の圭介とほとんど変わらなかった。ふけまじりの頭髪に指を入れて掻きまわしながら、信じなさいを延々くりかえしている。

やがて視線に気がついたのか、ゆっくり首をめぐらすと圭介のおもてを覗き込むようなまなざしを向けてくる。それは空《うつ》ろでいながらどこか真摯な光を放っているようでもあり、男がどんな気持ちでこちらを見つめているのか、まったく窺い知れなかった。

まるで立ち合いのような息苦しさにこらえきれなくなり、圭介は身をひるがえした。鉄道の高架にそって、もと来た道を引き返してゆく。頭のなかで、熱さと冷たさが粘土のようにからまりあい、思考の川床を塗り籠めていった。朝、かんたんな朝食をすませただけだったが、夕暮れの気配がかすかにただよう時刻になっても空腹感は湧いてこない。

目の前に電話ボックスが現れたのに気づいて、足を止める。そこはマンションまで数分といったところで、貿易関係の会社がいくつか入っている五、六階建てのビル前だった。ビルそのものに目立った被害は見られなかったが、まだまともな活動はできていないらしく、ひとの気配はまったく感じられない。

圭介はボックスの戸を引き、なかに入る。緑色の電話機を見つめて、しばらく息をととのえた。

せまい車道をはさんだ向こう側には、昔からなじみのあるフェンスがつらなっている。圭介はそのフェンスから目をそらすと、ポケットに入れたままのテレホンカードを取りだし、まっすぐに差し込んだ。

第五日

マンションのベランダから覗くせまい空は、いつまで待っても明けはじめる気配を見せなかった。この季節は六時ごろでもまだ暗い。が、今日はそれだけでなく、空いちめんにうすく雲がひろがっていた。予報では、今晩あたりからまとまった雨になるという。ラジオのアナウンサーは、被災地でのがけ崩れや土砂災害に注意するよう呼びかけていた。

圭介は白い息を両手に吹きかけ、視線を下ろした。向かいのラブホテルとの間に細い道が通じており、そのまま左手に目をすべらせると、マンションの入り口に通じる坂が望める。

そろそろ約束の時刻だったが、待ち人が来るようすはまったくなかった。予定どおりにいくはずがないと分かってはいても、じりじりした気持ちが生じてくるのを止められない。圭介は両手に力を込めて歪《ゆが》んだアルミサッシの戸を引くと、部屋に入った。

正吾とタエがオーバーコートを着て炬燵に入っている。祖父はやはり輝きのない目でうつろな表情をしていたが、祖母もその空気に冒されてきたのか、ふたり揃《そろ》ってとろんとした顔で目の前の虚空に向き合っていた。かたわらにはボストンバッグがふたつ、ならべて置かれている。

よし子は仏頂面で、炬燵のそばを行ったり来たりしていた。きのうから、圭介とは口を利こうともしない。こちらも強いて話しかけようとはしなかった。

「下で待ってみる」

誰にともなく告げてダウンジャケットを羽織ると、外廊下に出た。階段を駆け下りて、マンションのまえに立つ。冷えた風が容赦なく吹きつけ、圭介は首をすくませた。すぐ脇には缶入り飲料の自販機がある。コーヒーのひとつでも飲んで暖をとりたいところだが、電気が通じていないのはわざわざ確かめるまでもなかった。

立ったり座ったり、手に息を吹きかけたりして三十分以上が経《た》ったころ、坂の上からエンジン音が聞こえ、振りかえると黒いセダンがゆっくりと下ってくるところだった。顔がわずかに引きつるのを自覚する。

黒い車が圭介の前にとまった。エンジンが停止し、最後の排気音がおさまると、ドアが開いて五十代なかばのひょろりと痩せた男が降り立ってくる。

「ひさしぶりやな」

風貌に似合わぬ、野太く、いくぶん野卑な声で男がいう。圭介はかるくうなずくだけで、それにはことばを返さず、

「国道、封鎖されてなかったか?」

べつのことを尋ねた。耳をかすめただけのニュースだから確認はできなかったが、きのうから、神戸に入る車輛は緊急のものを除いて通行止めになったとも聞いている。

男は唇の端をあげてにやっと笑うと、

「されとったかもしれんけど、関係ないわ」

顎でセダンの後部を指した。うしろに回ってみると、ナンバープレートの上あたりにB4サイズの紙がガムテープでとめてある。『救援物資搬送中』と、殴り書きのような字で書かれていた。

呆れて顔を上げると、男は、さもおかしげにうそぶいた。

「みんなやっとるこっちゃ」

「ほんとかよ」

「ふつう、そうやろ」

喉の奥でひゃひゃひゃと笑った。

男は圭介の父・牧夫《まきお》だった。県内の東端あたりでちいさな印刷会社を経営している。圭介は四歳のときから神戸にいるため、いっしょに暮らした記憶はほとんどない。牧夫はすでに再婚して、娘をふたりもうけているが、まったく音信不通というわけではなく、大学に入学して上京するまでは年に一、二度あらわれては甘いものなどを食わせてくれた。なぜ父母が離婚したのか、はっきりした理由は今もって知らない。まだ幼いころ、よし子に聞いてみたことはあるが、「性格の不一致」という、ぶっきらぼうな答えが返ってきただけだった。そのことばの意味を理解したのは、ずいぶん後になってからのことだ。

中学生になって、「おやじに女でもいたのか」と尋ねたときは、鼻でせせら嗤《わら》って、「あの男に、そんな甲斐性《かいしよう》あるかい」と吐き捨て、牧夫がいかに無神経で人の気持ちに鈍感であるかという話を延々とはじめた。だったら、「性格の一致」じゃねえか、と聞こえぬようにひとりごち、それ以来、圭介はこの質問をしなくなった。

母のことばも割り引いて聞く必要はあるだろうが、牧夫が気風《きっぷ》のよい男でないことだけはたしかだった。大学生になったとき、「よかったら使えや」と言って、家族会員のクレジットカードを送ってきたのだが、じっさいに一万円ぶんくらいの書籍を買うと、「おまえ、ちょっとは遠慮せえや」と電話がかかってきて、そのカードはすぐに停められてしまった。

社会人になって、はじめてのボーナスが出るころになると、また電話があって、「すこし用立ててくれへんか」という。返事を濁していると、会社がずっと苦しいのだ、とたびたび借金をせがまれた。

貸してやるべきなのだろうかと一時まよったものの、これは土曜の昼よく見ていた法律バラエティ番組で、「近しい間柄の借金は、貸したら返ってこない覚悟で」と何度も言っていたやつだな、と思い、「おれも金ないから。東京でひとり暮らしだし」とことわった。じっさい、そのときはまだまだ給料も安く、父には話さなかったが、ドイツに留学してしまった当時の恋人にやたらと国際電話をかけているころだったから、毎月の赤字を賞与で埋めている状態だった。

ところが、牧夫はとうとう会社にまで連絡してきて、「一万二万がないっちゅうことはないやろ」などと電話口で食い下がるので、あるとき、さすがに圭介もかっとなり、「借金とりか、あんたは」と怒鳴って話を断ち切った。その直後、ドイツの恋人から、あたらしい相手とつきあいはじめたと宣告されたものだから、験がわるいというか、ひどく腹立たしい気分をしばらく引きずったものだ。

それが三年ほど前のことで、以来きのうまで音信不通がつづいていたのだった。

「……じゃあ、じいちゃんたち連れてくる」

言いおいて、圭介はふたたび五階に駆けあがった。

「来たぞ。行くよ、じいちゃん」

軋み音をたてながらドアを開け、せまい靴脱ぎのところから呼びかける。が、正吾とタエはぼうっとしたまま動こうとせず、よし子は聞こえぬふりをつづけていた。

圭介は舌打ちすると、なかに入って正吾たちをうながし、ボストンバッグを二つとも持った。よし子は窓の近くに移動し、ラブホテルの外壁あたりをそらぞらしく眺めている。

ふたりの手をゆっくり引いて階段を下りてゆく。牧夫は煙草の吸殻を何本も撒き散らし、退屈しきった様子で入り口のところに腰をおろしていた。圭介たちに気づくと、大儀そうに立ち上がり、正吾とタエに向かってかるく頭を下げる。

「おとうさん、おかあさん、ひさしぶりですな」

ふたりからはかばかしい反応がないので、それなりに合点したらしく、牧夫はわざとらしく肩をすくめると、誰にともなくつぶやいた。

「なんや、よし子は下りても来《け》えへんのかいな。あいかわらず、きっついなぁ」

圭介がだんまりを決め込んでいると、近づいてきて耳元でささやく。

「ほんまに、西宮まででええんやな」

「……ああ。おばさんが来てくれることになってるから」

よし子にどう言われようと、祖父母をおばのところへ避難させるという考えはゆずる気がなかった。なかば恍惚《こうこつ》の域にある正吾と、老いてゆくタエをこのままにしておくことはできない。

その点に迷いはなかったが、問題はどうやって二人をおばのいる町まで送り届けるかだった。三宮にほど近いこのあたりは交通至便の土地だから、商売をやっているのでもなければ、車を所有している家はめったに見かけない。むろん、圭介の家もいまだかつて持ったことはなかった。

といって、一昨日圭介がたどった道筋を西宮北口まで歩かせるのは論外だった。ラジオで収集した情報によると、新神戸駅からなら地下鉄に乗れるらしく、今日からは市の北部まで大きく迂回し大阪方面へ乗り継いでゆけるようになるという。だが、いまだ不通ながら新幹線とも直結しているその駅は、山側に向かってかなり離れたところにある。よし子くらいの年齢ならともかく、年老いたふたりにはそこまで歩くこともむずかしいだろうし、あとの道のりも長い。やはり、西宮あたりまで行ける車が欲しかった。

苦肉の策で思い至ったのが、ながらく無沙汰をつづけていた父の牧夫に頭を下げ、ふたりを途中まで送り届けてもらうことだった。昨夕、父の会社に電話した折、運よく牧夫は席にいて、圭介の要請を快諾したものだったが。

「……忘れたらあかんで。月末までに五万、きちんと振り込むんやぞ」

牧夫はきのうの約束をくりかえし念押しした。もちろん、牧夫が条件として持ち出したものだ。呆れながらもいくぶん予想していたことではあり、圭介はその話を呑んだのだった。よし子は、牧夫に助けを頼んだというだけで激昂してしまったから、この話はしていない。

「わかってるよ」

牧夫は、圭介の返事を聞くと機嫌よくうなずき、「さあさ、おとうさん」などといいな

がら、ふたりをセダンの車内にいざなった。

牧夫に肩を抱かれた正吾が、小さな子どものように体を縮めていた。その姿を見ている

うち、ふいに、あの雨の日のことを謝るなら今しかないという考えが浮かびあがってくる。

それはなぜか、確信ともいえるほどの強い予感で、圭介は追いすがるようにして祖父のそ

ばに駆け寄っていった。

こちらがことばを発するより先に、正吾が突然、意外なほどしっかりした動きで圭介の

ほうを振り向いた。が、瞳はあいかわらずとろんとしたままで、口をもごもごさせている。

「えっ、なに」

近づいて顔を寄せると、内臓から滲みだしてくるような強い口臭が鼻をつく。それでも

足を進め、耳を向けるしぐさをすると、正吾はもういちど口を動かした。

「ありがとな、圭ちゃん」

正吾はそう言ったらしかった。動きを止めた圭介が答えをさがしているあいだに、正吾

は牧夫に導かれセダンのなかに潜りこんでいく。タエもそのあとにつづいた。

「……気をつけて」

車内に姿を消したふたりにようやく呼びかけたことばは、ひどく月並みなものだった。ドアを閉めた牧夫が、にまりと笑ってささやく。

「ああ、そうや。だいじぃなこと言い忘れとったわ」

「は？」

「振込みなぁ、一、二万くらい色つけてもええぞ。……武士は相身互《あいみたが》いっちゅうやろ」

あんたのどこが武士だと思ったが、それを口に出すだけで力が抜ける気がする。黙ったまま眉をひそめていると、牧夫は苦笑し、

「ほな」

言い置いて運転席に乗り込み、車を発進させた。

セダンの後ろ姿が消え去るのを見届けると、急におびただしい疲労を感じ、圭介はその場に座りこんだ。ダウンジャケットの首筋から、冷えた風が流れ入ってくる。

かたわらに人が近づく気配を感じて顔をあげると、よし子が不機嫌そうな表情のまま腕を組んで突っ立っている。口を開こうとしたが、それをさえぎるように、目も合わせないまま、おにぎりをひとつ差し出してきた。きのう、圭介が留守のあいだに、配給のものを

もらってきたらしい。

　こちらも無言で受けとり、頰張る。冷え切った米の感触が、きつい塩味とともに口のなかに広がった。

「……わたしも行かんとな、おばちゃんとこ」

　よし子が押し殺したように低い声でつぶやいた。

「だったら、乗ってけっつうの、いま」

　ながい溜め息とともに腹の底からことばを吐き出した。

「あほか、あんなど外道《げどう》の車になんか乗れるかいな、体がくさるわ」

　ど外道と守銭奴《しゅせんど》の取り合わせか、と圭介は思った。じゃあ、そのあいだに生まれた自分は、せいぜい小鬼ってところだろうか。

「じゃあまあ、準備しなよ」圭介は腰をあげながらいった。「新神戸まで歩いて、北のほうからぐるっと回ればいい」

　よし子が大儀そうに顔をしかめる。

「遠いなぁ」

「大見得きったくせに、つべこべ言うなって」

　わざとらしく、おおきな嘆息をつくと、よし子はひとあしひとあし重たげなしぐさで階段をのぼっていった。

ふたりはマンションを出ると、山側、つまり北の方角へと向かい、幹線道路に突き当たると東へ折れてそのまま進んでいった。よし子は当座の着替えと貴重品を詰められるだけボストンバッグに詰めこんできたらしく、もともと大きめの鞄がぱんぱんに膨らんでいる。圭介は最初知らん顔をしていたが、母が「ああ、重たいなぁ、しんどいなぁ」と聞こえよがしにわめくので、引ったくるように奪って片手に提げた。よし子は無言のまま、そっぽをむいて歩いている。

通りには車の影もまばらで、道行くひとびとは堂々と車道をあゆんでいた。左手に県庁舎が望めたが、ちらっと見ただけではどんな状況にあるのかまったく判断できない。あちこちで見覚えのある建物が倒壊したり、傾いたりしているのが目に入ってくる。とくに暗澹たる気分になったのは、煉瓦づくりの教会が崩れ、あたりに柱や壁の残骸がぶちまけられているのを見たときだった。

きのう三宮で見かけた男の姿が脳裏を掠める。

「信じなさい」

と、あの窶《やつ》れた男は言いつのっていた。だが、この街でいま、なにを信じろというのか、と腹立たしい思いがあらためてこみ上げる。圭介は唇をきつく噛んだ。

「うわ、ごっついなぁ」

放送局を過ぎてすぐのあたりで、よし子が素っ頓狂な声をあげた。七、八階建ての中華料理店が基礎から真っぷたつに折れ、車道をふさいでいる。金や黒、赤に青と過剰な装飾をほどこされた建物だけに、曇り空の下さらしている骸の無惨さが際立っていた。人々は行く手をふさがれた蟻《あり》のように、整然と迂回して歩をはこんでいる。

やがて交差点を道なりに左へ折れ、めざす駅に向かって北上してゆく。すこし脇へ入れば、観光客がよくおとずれる洋館街がつらなっているはずだった。そこもかなりの被害を受けたらしいが、たしかめにいく気にはなれないし、そんな余裕もない。

しばらく直進すると、いきなり刃《やいば》のような尖塔が目に飛び込んでくる。一昨日の夜、寒々とした夜気のなかで道しるべとなってくれた建物だった。ビルに隠されて、間近まで見えなかったのだ。地下鉄の駅はその足元にあるから、圭介とよし子は階段をゆっくり下ってゆく。

駅はひっそりとして、乗降客もほとんど見当たらなかった。三宮の方向へは運行していない旨を記した張り紙が目立つところに掲げてある。圭介は顔をあげて案内板の運賃をたしかめ、硬貨を投入した。西宮北口でもそうだったが、鉄道の施設では電気が通じていることにようやく気づく。自家発電の設備でもあるのだろうか、と思い至って手早く疑問を振り払った。

切符をわたすと、よし子は圭介が持っているほうの券面をめざとく読みとったらしく、

「なんや、あんたはおばちゃんのとこ、行かへんのかいな」

怪訝そうに聞いた。

「手ぶらで来てる時点で気づけよ」

圭介は片手に持ったボストンをよし子に押しやった。「ＪＲに乗り換えるまでは行くから」

「そのあと、どうすんのや」

「すこし、じいちゃん家《ち》を片づけとく」

「そんなん、ええがな。火事場泥棒かて増えてるらしいで」

「あの家には金目のものなんかないだろ。いずれ落ち着いたら、やんなきゃいけないんだし。そのとき誰がやるんだよ。おれ、また休み取れるとは限らないだろ」

よし子は、ああというような声を喉の奥で発した。そのまま改札を抜け、階段を下りてゆく。ホームはどことなく薄暗く感じられた。すでに列車が待機し、出発に備えている。がらんとした車輛に入り、足を投げ出すように座ると、よし子がふかく息を吐きだした。

「落ち着いたら、かぁ」母がぼそりとつぶやく。圭介は隣に座りながら、その横顔に視線を走らせた。「いつになるんやろなぁ、落ち着くの」

圭介は一瞬動きをとめてふかい皺の浮かんだよし子の頬を見つめたが、母はこちらを振りあおぐでもなく、ただ向かいの窓あたりへじっとまなざしを据えていた。

トンネルを抜けると、景観は一変した。四方のどこを見ても山の稜線《りようせん》がつらなり、列車はその山なみを穿《うが》つようにして北へ走っていく。

自分がさっきまで港町にいたことを忘れてしまいそうになる。途中で乗り換えれば、有名な温泉郷に至ることもできるはずだった。ラジオではその温泉にも大きな被害が出たというが、車窓からのぞむ山々は、冬の凪に吹かれてただひっそり凍えているようにしか見えない。

終点の小さな駅でホームに降り立ったとたん、あきらかに実家のまわりより空気が冷えていることを肌で感じた。もう一度、引ったくるようにボストンを手にする。改札を抜け、隣接するＪＲ駅の階段まで、肩をすぼめて歩いた。

思わず足を止めたのは、階段の下で缶入り飲料の販売機がかすかなモーター音をたてていたからである。見なおすまでもなく、その販売機は生きていると叫んででもいるかのように白く発光していた。

圭介は駆け寄ると、わずかの間も惜しむようにポケットから財布を引きずりだし、硬貨を投入する。いちばん甘ったるそうな缶コーヒーのボタンを押した。重い音とともに白と茶色の缶が転がり出る。手のひらで包んで、その熱さをたしかめてから、よし子のほうを振り向いた。

「なにがいい?」

よし子はきょとんとした様子で突っ立っていたが、やがてひとりごとのように「……コーラ」といった。

圭介はどことなく体の力が抜ける思いで、

「いや、あたたかいもん飲むだろ、こういうときはふつう」

溜め息をついた。

「えっ、そうか? まあ、ええやん、コーラ飲みたいんやから、あたしは」

圭介は黙って新しい硬貨を入れ、コーラを選んだ。よし子は礼をいうでもなく受けとると、さっそくプルタブを押しあけ、いっきに喉へ流しこむ。何度もげっぷをしながら、むしゃぶりついて飲みつづけた。

圭介も缶コーヒーのタブを押し開け、ひと口ふくんだ。日ごろ好んで飲む苦めの銘柄とは似もつかない甘さだったが、いまはなぜか、その甘ったるさがうれしかった。

ふたりはそれぞれの缶を空にすると、どことなく名残り惜しげにごみ箱へ投じた。乾いた金属音が大気に裂け目をつくる。

ＪＲの階段をのぼってすぐのところに自動改札機がならんでいた。圭介は路線図を見上げ、おばのいる町までの行き方を説明する。さほどむずかしい乗り換えはないので、よし子も疑問をはさむことなくうなずいていた。

「じゃ、おばさんによろしく」

圭介はボストンを渡し、改札のむこうへ押しやるようにしてよし子を送り出した。そのまま、そそくさと背を向ける。正吾のように、別れ際なにか言われるのを畏れていた。母とはどこまでも無愛想に別れたい。

よし子がまだ、たたずんでこちらを見ているのか、ホームへ向かったのかは分からなかった。圭介は、ただ、なにかから逃がれるように改札を離れていった。


来た道を逆に辿り、いちどマンションにもどった圭介は、排便をすませたあと、水洗タンクに貯めた水を流した。つぎはまた、風呂場にいくつもならべたバケツから汲み入れておかねばならないが、今すぐやる気にはなれず、そのまま外へ出ると、祖父母の家に向かった。

冬の日はすでに傾きはじめている。人影もまばらな商店街を抜けて家に着くと、留守なのか避難したのか、隣の眼鏡屋からは人の気配が消えていた。

体を横にして、真ん中に寄ったままの引き戸を擦り抜ける。三和土のところに、きのう投げ捨てたガムテープが転がっていた。拾ってそのまま上がりこむ。きょうは土足のまま入っても、さほど胸が波立つことはなかった。

だが、居間に一歩踏み込んだところで、暗然とした心地に見舞われた。おもい曇り空と夕暮れ近い時刻のせいで、きのうよりほのぐらい部屋のなか、食器棚も跳ねとんだテレビも、手足を投げだした骸のように横たわったままでいる。どこから手をつけたものか、思わずうなだれてしまった。

考えたすえ、まずは、きのう足を踏み入れられなかった二階へのぼってみることにした。これ以上暗くなると、今日もまた、そうする気を失うのではないかと思えたのだ。全面に塵埃《じんあい》がかぶさった階段は、ひと足ふむごとにぎしぎしと鳴った。脇のモルタルが一部落ちて、隣家のくすんだ壁が覗いている。

のぼりきってすぐ右手の六畳が、正吾とタエの寝間だった。ここでもやはり、頑丈な総《そう》桐簞笥《きりたんす》が倒れ、行く手をふさいでいる。そのありさまを呆然と見つめていた圭介は、次の瞬間、息を呑んだ。

簞笥の下から白いものがわずかに覗いている。目を凝らすと、布団の端だということがわかった。そのほかの部分は、ほぼ完全に簞笥の下敷きになっている。

ここはタエの定位置だったはずだ。祖母は毎朝、五時半ごろ起きる習慣だから、揺れが来たときはもうこの布団を出ていたのだろう。が、もしも十数分ずれていたら、と思い至って、圭介はあらためて慄然となった。

それ以上室内に足を踏み入れる気にはなれず、結局そのまま階下におりた。気を取りなおすように、まず倒れた食器棚へ歩み寄る。手をかけてみたが、うまく力を込めることができず、ぴくりとも動かなかった。

かたわらに散乱するガラスに気づき、雑多な物置きになっているテレビ台の下段を掻き分けて軍手を引っ張り出す。はめるとそのまま、遠くはなれたテレビに近づいていった。

横だおしになってはいるものの、ブラウン管には罅も入っておらず、途方に暮れた圭介の顔をにぶく映しだしている。電気が復旧したところで、まともに見られるとは思えないが、側面に指をかけられるくぼみもあって持ち上げやすそうな気がしたので、これから手をつけることにした。たしか21型だったから、ひとりで動かせないということはないだろう。

圭介はまず角の部分に手を置き、底のあたりを足で押さえながら、ゆっくり本体を起こした。なにかを踏みつぶすような、じゃりじゃりという音がして、テレビが本来の天地を取りもどす。よく見ると、黒い外枠のあちこちにこまかい傷がついており、ブラウン管の下にあるメーカーのロゴは半ば剝がれ落ちていた。

軍手で台の上の塵《ちり》を払うと、テレビの側面に手をかけて持ち上げ、膝で支えるようにしてよろよろと運ぶ。台の上に置いたときには、首のうしろが痺れたようになっている。おとといい、三宮まで歩く途中で覚えたのとおなじ感覚だった。どこか痛めたのかもしれない。

なにかひとつ、あるべき場所に収まっただけで、わずかながら気持ちにはずみが生まれた。床いちめんに散乱している陶器のかけらやガラス片などを注意深く拾い上げ、一箇所にまとめはじめる。箒《ほうき》や塵取りを使えばいいのだとすぐに気づき、玄関先からふるぼけた掃除用具一式を持ってもどった。

ながい時間をかけて、おおまかに掃き掃除を終えると、ほとんど日の差さないはずの窓から、薄暮の気配が流れ込んでいた。圭介は急かされる思いで、翼をひろげた蝙蝠《こうもり》のように乱れ飛んだ本を一冊ずつ拾い集める。誰の好みなのか、割腹自殺した文豪の著作と、障害児施設を運営している女優のエッセイが多かった。それらを適当に書棚へ押し込んでいく。

なかの一段には、きのうぐるぐる巻きにしたガムテープがそのまま残っていた。茶色い封印の隙間から、わずかにビデオテープの背ラベルが覗いている。なかに、高校生のころとくべつ好んで見ていた時代劇のタイトルを目にし、ガムテープの帯に指を差し入れた。まといつく封をべりりと破って取り出したビデオを、圭介はじっと見つめた。ラベルには稚拙な字で、タイトルにつづけて「vol.5」などと記されている。とうとう一度も見返さなかったが、なぜか圭介はその番組だけを毎週欠かさず録画していたのだった。

ふいに、その一本だけでも持ち帰りたい衝動に駆られたが、我ながら滑稽なことに、残されるテープにすまないような気がして、できなかった。圭介の指は、もういちどガムテープの帯をくぐり、ビデオを元にもどした。

それを境に、ひときわ疲れが押し寄せてきた。考えてみれば、今朝からろくに食事もせず動きまわっていたのだ。どこかでなにか腹に入れたいと思ったが、疲労が急速に全身へ覆いかぶさり、立っていられなくなる。圭介はその場にしゃがみこみ、膝に顔をうずめた。

足元に大地の鳴動を感じたのは、寒さが耐えがたくなったためか不自然な体勢がつらくなったからか、あさく居心地のわるい眠りが解けはじめたときだった。部屋のどこかで、なにかの砕ける音がたしかに響く。背骨に氷を流し込まれたような衝撃が体じゅうにへばりつき、考えるより先に身をひるがえして外へもつれ出ていた。

夕映えの気配は去り、あたりは冷え冷えとした闇に浸されている。玄関からなかを振り返ると、揺れはもうおさまっていて、来たときと同じように裂けた穴が口をひろげていた。

おそらくはわずかなまどろみの間に、夜は容赦なくその濃さを増していた。予報どおり雨が近いのだろう、雲が空いちめんにはびこり、月を覆い隠している。家の前の通りには人影もうかがえず、研ぎすまされた冬の大気だけがゆっくりと流れていた。

急にこらえきれないほどの空腹を覚え、圭介は急き立てられるようにして駆け出した。疾走すればものの三十秒で小さな中華街の入り口にたどりつく。もし再開している店があったとしても、この時間では食べ物にありつける可能性は低いだろうが、とりあえずほかに当てはなかった。

兵馬俑《へいばよう》のレプリカが砕けているのを横目に中華街へ走りこみ、最初の路地と交差したあたりで足をとめた。東へ向かってまっすぐに伸びる大通りを凝視する。昼間はどうだったのか知るすべもないが、今はまるっきり人影もなく、料理店のうすぼんやりしたシルエットだけが視界のつづく限りならんでいた。

肩を落とし、交わった路地のほうへなにげなく首を向ける。

背筋がぎゅっと強張った。

かすかな月あかりさえ差し込まないその小路には、いままで見たこともないほど完全な暗闇が満ちていた。軒をつらねているはずの飲食店は、その気配さえうかがうことができず、ぽっかり空いた虫歯のように、ただただ黒い空間だけがうずくまっている。

強張りがとけたと思うと、こんどは震えがきた。火事場泥棒、というよし子のことばがするどく胸に刺さる。

——もし、この奥からナイフを持った奴が飛び出してきたら。

突然そんな妄想が生まれ、とどめようもなく広がってゆく。最初、かすかな空想だったはずの映像が、なぜかきのう三宮で見た布教師の姿と結びついた。いくら打ち消しても、あの男がナイフを持ってそこに潜んでいることが、このうえもなくたしかな事実のように思われてくる。

熱にうかされたように体ぜんたいが揺れつづける。拳や背筋に力を込め、止めようとしても止まらなかった。慄《ふる》えとはこういうものであることをはじめて知った気がした。

動くことも、体をおさえることもできず、圭介はひたすら立ち尽くしている。空はいちだんとその濁りを増していくようだった。

第六日

雨まじりの風が横ざまに吹きつけてくる。青い傘をわずかに持ち上げ差し覗くと、道路をはさんだ右手に市庁舎がうかがえた。ニュース映像で見たとおり、途中の階がひしゃげ、新館と旧館の渡り廊下が丸ごと落ちている。もう少し様子を見ておきたい気になったが、雨と風に追い立てられ、圭介は足を止めることなく、三宮の中心部から海の方角へ歩をすすめた。

税関を過ぎ、道なりに左へ曲がっていくとゆるやかなスロープが見えてくる。その向こうには、赤い橋梁《きようりよう》が弧を描いて人工島へとのびていた。ジーンズが雨で腿《もも》にはりつき、足元も水を含んでぐっしょりとなっていたが、そのまま歩きつづける。

けさ電話をしたとき、進藤はやはり給水車に並んでいるとかで留守だったが、「まあ、ええがな。おいで」という父親のことばに促されるように、訪ねることを決めた。

大橋は二階建てになっていて、人工島をめざす車が通るのは一階のほうだった。車道の両脇に歩行者用の道が設けられており、圭介のたどってきたスロープはここにつながっている。頭上には島から陸側へ向かう二階部分がそびえ、雨雲に覆われた空に重たいシルエットを浮かび上がらせていた。つよい風に煽《あお》られて傘が飛ばされそうになり、あわてて柄をつかみなおす。

大橋と平行して新交通の高架が通じており、歩道をあるく圭介からはその底部が間近に見えた。無数に穿たれた鋲《びょう》が、なにかの斑点を思わせる。いまだ列車が走っている気配はなかった。

車輛は緊急のもの以外通行を禁じられているらしく、ときおり物資運搬用とおぼしき車が一台二台と通りすぎていくだけだった。そうした車が行きすぎるたび、きのう父がセダンの後ろに貼った紙を思い出し、苦い味が口中に湧き出る。

圭介のほかにも人工島へ行き来する人影がちらほらと見られたが、この大橋も無傷なわけではなく、橋梁のつなぎ目には十センチくらいの隙間が生じ、足元に海が覗いているところさえある。そういう箇所に出くわすたび、圭介は息を詰めて足をすくませたが、前後をゆく人々は、すでに何度も渡っているのか、ためらう様子もなく歩んでいた。

橋の上から見る海は、いつもとおなじ、重油色に濁った水面を雨粒にさらし、こまかな波紋を無数に浮かべていた。圭介は首をめぐらせて陸地のほうへ目をやる。岸壁の向こうに赤い鼓のような、特徴あるかたちをした塔がまず目に飛び込んできた。そのまま視線をすべらせれば、つらなった山々に抱きすくめられるようにして市街地が東西に延びている。

倒壊した建物や、ひしゃげたビルなども、この距離からはミニチュアセットのような妙に現実みの薄い光景となって広がっていた。

歩道部分はやがて大橋と分かれ、ゆるやかなくだりとなっていった。人工島の大地を望むと、全身の力が抜けていくような感覚に見舞われる。港の公園で目にしたものを十倍にもしたほどの規模で、泥田のようになった地面が広がっていた。それは、思わず島へ足を下ろすのがためらわれるほどのありさまで、圭介は二度、三度と唾を呑み込んだ。

海を渡り切って人工島に入ると、眼下に公園が見える。海に面したその一角は焦茶色のタイルで舗装された遊歩道になっていたが、そのタイル全体が波うち、海に向かって傾斜していた。空色の手すりはあちこち捩《ね》じまがり、基部は崩れて海水が浸入している。ところどころにそうした海水だまりが散らばっていた。圭介は目を背けるようにして足を速める。

いちど下りきると、行く手はあたらしい上りのスロープにつながっていて、そのまま道路を越える。圭介は新交通の高架を道しるべに大通りを南へくだっていった。進藤がいったように、アスファルトのあちこちから砂が噴き出している。最初は避けようとしていたが、すぐにそれが不可能であることを悟り、あきらめて進むことにした。一歩ごとにめり込む足先を気にしながら、じりじりと前進をかさねていく。いつか泥濘《でいねい》のなかに沈みこみ、抜けられなくなるのではないかという恐れが頭を去らなかった。

じきに広場のようなところで炊き出しを待つ人の列が目に入り、カレーの匂いがただよってくる。並んでいる人数は四、五十人ばかりで、たまたまなのか、老人と子どもが多かった。圭介はつよい空腹をおぼえたが、立ち止まる気にもなれず、そのまま歩をすすめる。

ひと駅分ほどあるいた、大きな病院の近くに進藤と父母の住まいはあった。十階建て以上の似たような団地が隙間なく並んでいる。高校のころときどき遊びに来ていたので、たいして迷うこともなく、進藤の住居がある棟にたどりつくことができた。

うすぐらいエントランスに入り、念のため郵便受けをたしかめると、進藤の家は九階だった。エレベーターは停まっているから、ひと息ついて気を取り直し、やけに幅のせまいコンクリートの階段をのぼりはじめる。踊り場の左右にもそれぞれ住居のドアがあったが、あるかなしかの光のなかで、壁に走った亀裂がうっすらと浮き上がっていた。

五階にあがる途中で、頭上から人の話し声が降ってきた。足を進めて吹きさらしの廊下に出ると、すぐ脇の部屋の前で小学校高学年くらいの男の子がふたり、立ち話をしながら笑っている。ふたりともジーンズに思い思いの色シャツを合わせていたが、やはり泥はねのようなもので足元がそうとう汚れていた。

ふたりは一瞬だまって圭介のほうを見たが、たいして気に留めた様子もなく、すぐおしやべりのほうに戻る。そばを通りすぎるとき、すこし強い汗のにおいが鼻腔を突いた。ちらと聞こえたかぎりでは、ふたりはアイドル歌手の新曲について熱心に議論を交わしているらしい。

さらにのぼって九階に着いた途端、いきなり目に飛びこんで来た雨雲の近さにとまどい、わけもなく息苦しくなる。圭介は昔からこうした高層住宅が苦手だった。五階くらいまでは大丈夫なのだが、それ以上になるとどういうわけか必ず、もしいま自分がここから飛び降りたら、ということを考えてしまう。

ちらと滑らせた視線の底には、いちめん泥土と化した小学校のグラウンドがあった。思わず下を覗きこみそうになって、めまいがする。それ以上見るのはやめて、進藤の住まいの前まで廊下をすすんだ。あちこち塗装のはがれたクリーム色のドアを強めにノックしてから、呼び鈴があったことに気づく。が、これは鳴るのかどうかと考えるまでもなく、なかから応える声があがり、足音とともに進藤の浅黒い顔があらわれた。

「お、待っとったで。鉄板焼きしよ」

「鉄板焼き?」

いきなりだったので、無防備な呆れ声が出た。

「そうそう、うちの定番やろ」

いいながら手招きする。たしかに進藤の家族は鉄板焼きが好きで、遊びにいくたび振る舞われるのが恒例になってはいた。

「電気かガス、復活したのか？」

なかに入り、靴を脱ぎながらたずねる。泥の撥ねたジーンズの裾を折って廊下にあがった。

「んなわけないやろ。まあ、ええから」

進藤は磊落な口調でいい、先に立って奥へ進んでゆく。右手に曲がると、すぐ十畳ほどのリビングがあり、進藤の父母が炬燵に入っていた。進藤は遅く生まれた一人っ子で、両親の髪はそれぞれ大半が白くなっている。

挨拶しようとして、自分の背後に妙なものがあることに気づいた。二メートル弱はあろうかという銀色のタンクが、壁を突き破ってリビングのほうへ乗り出している。

「……これは？」

当惑した圭介の声に、進藤が苦笑してつぶやいた。

「給湯のタンク。この壁の向こう、風呂場やから。おれもはじめて見た」

それを別にすれば、リビングはあらかた片づいているようだった。ガラスの外された食器棚と鋳の入った窓が、その日の名残をただよわせているが、まるで引越し荷物を運び出した直後のようにすっきりしていると言えなくもない。

「壊れたもん片づけたら、妙にすっきりしてもてなぁ」

先取りするように進藤の父親がいった。よく見ると、眼鏡レンズの端がわずかに欠けている。

「みんな和室に放り込んであるんよ」

小柄な母親が、体を丸めておかしそうに笑った。どう反応していいかわからなかったので、あいまいな微笑を向けてうなずく。炬燵に足を入れてみたが、もちろん温かくはなかった。

「とにかく、焼きものといこうや」

張りのある声でいいながら、進藤がカセットコンロと小さな鉄板を取り出してきた。コンロにガスカセットをはめ込み、鉄板を載せて炬燵の上に置く。冷蔵庫のなかから、玉ねぎや人参《にんじん》を引き出し、台所で器用に刻みはじめた。

いかにも訝しげな圭介の視線に応えるように、進藤は包丁を動かしつついった。

「冷蔵庫は、今もちろんただの容《い》れ物やで。野菜はたまたま前の日に買っといたやつ。一週間くらいやから大丈夫やろ。冬やし」

「暖房もつかへんしな」

母親が合いの手を入れて、また笑った。父親はずれた眼鏡をなおしながら、わずかに苦笑を浮かべている。

進藤はコンロのスイッチをひねって点火すると、刻んだ野菜を鉄板の上にあけた。油がはねる音とともに、香ばしい匂いが部屋に満ちる。圭介は、自分でもおどろくほど食欲が湧いてくるのを感じていた。

思えば神戸に着いて以来、食べることは二の次だったし、排泄物《はいせつぶつ》の処理を考えると、ついつい飲み食いを控えてしまってもいた。だが目の前で音をたてて焼ける野菜を見ていると、そんな配慮はどこかに消し飛んでしまい、「ほら、食えや」といわれるのももどかしく、箸を取って焼きたての玉ねぎを飲み込んだ。熱く甘い食感が歯と喉をすり抜け、溜め息をもらす間もなくピーマンを取り上げている。

つづいて人参を口に押し込んでようやく人心地つく。自分がペースをあげてがっついていたことに気づいたが、進藤たちも焼きもの好きな一家だけに、かなりのペースで焼いては食べを繰り返していた。

「肉がなぁ……あればなぁ」

進藤がいかにもくちおしいというふうに嘆息する。まるで沽券《こけん》にかかわるとでもいいたげな口ぶりだった。

「まあ、しゃあないって。買ってあったとしても、さすがにもう駄目やろ」

「そら、そうやけど」

母子のやりとりを聞きながら、父親と圭介は黙々と箸を動かしている。級友たちの安否をはじめ、聞きたいことはいくらもあったが、それを今ここで口にしてよいのかどうかわからなかった。

「ああそうや。圭ちゃん、おかあさんたち、どうしはった?」

今まで口を噤《つぐ》んでいた父親が、また眼鏡をずり上げながらいった。どうやら、すこしフレームが歪んでしまっているらしい。ことばの調子はいつもどおり淡々としたもので、遠慮していままで聞かずにいたのか、たんに思い出さなかったのかは見当がつかなかった。

「あ、ええ……」

圭介はすこし言いよどんだものの、ひと息にあとをつづけた。「きのう、叔母のところに行きました」

「おばさん、て」

進藤が首をかしげた。長いつきあいだけに、お互いおもな親類構成は把握している。

「正確には、大叔母な」

「ああ」

小刻みにうなずき、次の野菜をボウルからつまみ出して鉄板の上にのせる。ふだんは加えないさつま芋までが、うすくスライスされて焼かれていた。ためしに口へ入れてみたが、すこし焼いただけではやはり硬さが取れていない。

それっきりこの話題はつづかず、進藤は水や配給の状況について話をはじめた。圭介はどことなくほっとした思いで耳を傾ける。明日あたりから、進藤もそろそろ出勤しなければならない。つとめ先は西宮にある商事会社だが、とにかく行けるところまで原付で行ってみるという。

ひととおり食事を終え、遠慮しながらトイレも使わせてもらったあと、引き上げることにする。「その辺まで送っていくわ」と声をかけて進藤がいっしょに出てきた。

雲に覆われたまま、しだいに傾いてきた弱々しい光が、古ぼけた階段へそそがれている。むろん、アイドル話に興じていた小学生の姿は、とうに失われていた。ふたりは無言のまま、ゆっくりと階をくだっていく。

「で、圭介。おまえはどうするんや」

と進藤が口を開いたのは、ふたりが団地の一階に下り立ち、圭介が傘を広げようとしたときだった。

「どうするんや」というのが、今日これからのことでないのは、聞き返さなくてもわかっていた。圭介は雨のなかに一歩踏み出しながらこたえる。

「あした、東京にもどる。とりあえず、最低限の手当てはすんだから」そこまで一気にいい、息を継いでつづける。「ずっと会社やすんでるわけにもいかないし」

「ああ、そうやな」

進藤の応えは、どこか上の空だった。「大橋のとこまで送るわ」と、ぼんやりした口調で告げたのにうなずきかえす。ふたりはいきおいを失いつつある雨の滴を押しのけるように歩きだした。

新交通の高架を左手にして、数時間前に来た道をたどってゆく。歩道のあちこちにぬかるみが生じており、ふたりの足元は見る間にねばりつく土のようなものにまみれた。それが雨のつくった泥なのか、液状化によって滲みでた水分なのか、圭介にはわからない。ただ、スニーカーから水気が染み込み、靴下までぐしゃりと濡らしている、その感触だけをやけにはっきりと感じていた。

十分ほども歩くと、見覚えのあるスロープが目に入ってくる。その向こうには、雨にしずむ赤い橋梁が、すぐ手の届きそうな距離にまで近づいていた。

進藤は、そのままスロープをいっしょにのぼってくる。圭介もだまって歩きつづけた。ゆるやかなのぼり坂をすすみ、じき大橋と合流するというあたりで進藤が足を止めた。

ここで別れるのかと思ったが、ちらっと眼下に視線をやると、「悪い、ちょっと」といいながら脇の階段を足早にくだってゆく。下りたところは行きがけに目にした公園で、見るともなしに見下ろしていると進藤は階段のすぐ脇にあるトイレに入っていった。

ふいに、視線がその先にあるものを捉え、圭介の全身に緊張が走った。トイレから植え込みを挟んで十メートルほど向こう、なかば海水に没した遊歩道に人影がたたずんでいる。そのシルエットに見覚えのある気がして、身を乗り出した。なにか抗いがたい力に引き寄せられるようにして、階段を駆け下りてゆく。トイレの前に立って海の方角へ目を凝らした。

グレーのスーツを着た男が海に向かい、猫背ぎみの長身をいっそう屈めるようにして突っ立っていた。今日もやはり、ピンクのネクタイが周囲から浮きあがっている。小降りになってきたとはいえ、傘も持たず全身を雨に晒《さら》していた。長めの髪が額に貼りつき、毛先からしずくが垂れている。

「あれ？」

ちょうどトイレから出てきた進藤が、こちらを見ていぶかしげな声をあげた。圭介の視線をたどって男に気づくと、

「知ってるやつか？」

声をひそめ、ささやきかけてくる。

「ああ、おととい、三宮で……」

わずかに振り返って応える。進藤は、もの問いたげなようすだったが、それ以上尋ねようとはしなかった。

「いま、信じるのです、いまこそ……」

誰に語りかけているのか、男はこわれた海に向かって声を張り上げていた。公園を通りかかる人影は皆無だったし、大橋を行き来する者には背を向けた格好になっている。耳を傾ける相手はまずいないだろう。が、男はそんなことに頓着する気配すらなく、ひたすら虚空に語りつづけていた。

「信じましょう。わたしを……そして、神のご意思を」

もともとそういう声なのか、その叫びは内臓の奥処《おくか》から一滴ずつ絞りだしているかのように、おそろしくかすれている。昨夜、中華街の闇で見た幻とちがって、男は滑稽なほど窶れ、ひたすらみすぼらしかった。それでいて、時おり垣間《かいま》見える瞳が煮え立つような輝きを放ち、しょぼくれた風姿のなかでそこだけが際立っている。

圭介は足をとどめたまま、言いようのない息苦しさに包まれていた。踝《くるぶし》のあたりに吸いつくような重みを感じている。

荒れ乾いた男の唇がふるふると揺れ、白く煙った息がこぼれ出た。

「裁きはくだりました。……いまこそ、再生のときが」

「おい！」

圭介は思わず叫び、傘を放り投げて男に突進していく。男は眼差しに怯えの色を浮かべ、海の方向へ一歩あとじさった。古びた靴のかかとが海水だまりに浸り、ちゃぷんと音をたてる。

「裁きってなんだ、腐ってるのは世のなか全部だろ。なんで、この街だけなんだよ」

間近で見ると、顔の皺の一本一本まではっきりとわかった。抉《えぐ》られたように深い頬の毛穴をそそけだたせ、男が顎を震わせる。まるで、圭介のほうが幻想の通り魔であるかのような怯え方だった。

「――――」

つづけて口を開こうとした圭介は、いきなり肩に手を置かれ、乱暴ではないが有無を言わせぬ力で男から引き離された。進藤はそのまま圭介を引きずるようにして公園を横切り、階段の袂《たもと》まで一息に歩き抜ける。崩れかけた岸壁にたたずむ男の姿が急速に縮んでいった。

「……なんだよ」

赤い橋桁が頭上に伸しかかってきたところで、ようやく圭介は我にかえり、進藤の手を振りほどいた。いつの間にかふたりとも傘をなくし、霧雨が全身にまといついている。

「あんなこと、言わせておいていいってのか」

「ええわけないやろ」

即座に重い声が返ってきた。向きあう瞳の暗さに、圭介の首筋がこわばる。

「ええわけない」もう一度、ひとことずつ確かめるふうな口調でくりかえした。「でもな、圭介」

進藤はわずかに息を吸い込むと、なにかを断ち切るように言い放った。

「おまえが言うことやないやろ」

「え？」

うつむき加減にしていた顔をあげると、進藤はまっすぐな視線で圭介をとらえた。得体の知れない重さで喉がふさがれていく。

「……神戸から出ていくやつ、おおぜいおるんやな。ニュースで言うとったわ。おまえも、じいちゃんばあちゃん逃がしたら、それでひとまず一件落着やろ」

進藤はいちど口を閉ざし、「無理ないわな。ひどいありさまやから」言い終えて、またふかく息を吸い込んだのが、自分の肺へ流れるようによくわかった。圭介は赤く濡れた相手の唇をただ凝視している。

「でもな」進藤がふたたびそのことばを番《つが》えた。射抜かれるのを待つ的のように、圭介は動くことができない。「この街でやっていくしかない奴らが大勢おるんや」

進藤はふっと岸壁のほうを振り仰いだ。つられて圭介も視線を動かす。こちらに背を向けたまま、グレーのスーツがぽつんとたたずんでいた。

「あのおっさんもそうやろ。この街にだいじなもん奪われて、この街でおかしくなっていく」

進藤は目を戻し、すこしのあいだ面を伏せた。圭介がことばを発しようとすると、昂然と顔をあげ、正面から見つめてくる。

「それでも、おれたちは」その声はどこか誇らしげに響いた。圭介はその声を怖《おそ》れ、憎いと思った。思いながら、一歩も動けずにいる。

「おれたちは、ここにいたいんや」

第七日

鍵をかけると、圭介はキーをポケットにしまい、ほんのわずかのあいだ、白く塗られた無機質なドアを見つめた。すっかり軽くなったバックパックを肩にかけ、マンションの階段を下りてゆく。あいかわらず、他の住人の気配は感じられなかった。

マンションを出ると、入り口の脇にある公衆電話が目にとまった。朝の七時半。いまならまだ薫は家にいるだろう。電話を入れようかと思ったが、なにを話していいのか思いつかず、受話器を取ることはできなかった。

雨の残ったアスファルトが、ビルの隙間から投げかけられる朝陽を浴びてくろぐろと光っている。圭介はマンション前の坂をくだって道路沿いの道に出ると、JRの線路を横目に東へ歩をすすめた。スーツ姿のサラリーマンが前後に何人もうかがえる。あるいは、圭介と同じところに向かっているのかもしれない。

ラジオによると、今日からバスが運行されるらしかった。経路は三宮から、現時点での終点となっているJRの駅までだという。大幅な混雑や遅れが予想されるということだったが、圭介はそれに乗ろうと思った。自分が歩いてきた道筋も、よし子を送って迂回した路線も、もう一度辿る気にはなれない。今日中に東京へ着けばそれでよいのだ、と腹をくくっていた。
　二、三分も歩くと高架のうえにJRのホームが見えた。高架にはあちこち亀裂や脱落が生じ、列車が通るようすは感じられない。何日か前に駆け込んだ電話ボックスのあたりで顔を上げると、フェンスに囲まれた一郭が道路をはさんでホームと向かい合っていた。今回来てからも何度か前を通り過ぎていたはずだが、いつも心にかかるものがあって、注意が向かなかったのだろう。
　そこはかつて、圭介が卒業した小学校と中学校が隣接していたところだったが、統廃合でどちらも取り壊され、跡地にあたらしい中学校がつくられている。だから圭介は、この場所にいくぶん複雑な気持ちをいだいていて、あるいはそれもあって、無意識のうちに見ることを避けていたのかもしれなかった。

　この先の学校、見てみい、とよし子が言ったのはここのことだろう。圭介はそれを思い出すと、すこしだけ山側にのぼって、校門の前で足を止めた。青銅板に刻まれた校名をぼんやりと見つめる。その名も、校章も、むろんかつてのものとはまるで違っていた。

　まあたらしい校舎にかこまれた校庭を埋め尽くすように、いくつもの白いテントが並んでいた。その周りには避難してきたらしい人々がたむろし、列をつくって水や食料を受け取っている。汁物か雑炊らしく、容器から細い湯気が立ちのぼっていた。門のすぐ脇には体育館があり、その入り口付近にも人影がうごめいている。

ニュースで何度か見た映像が浮かびあがってくる。体育館いっぱいに毛布が敷き詰められ、寒さにふるえながら雑魚寝しているひとびと。かたわらには、白布をかけられた遺体が何十となく横たえられている。それは、この学校ではなかったはずだが、門をくぐればおそらく同じような光景が広がっているのだろう。

そうだ、と圭介は深く息を吐き出した。神戸に来て以来、自分がたった一つの死すら目の当たりにしていないことに気づいたのだった。

歩いてきた国道のまわりは、とくにおびただしい被害をうけたと眼鏡屋は言っていた。祖父母の家と道一本へだてた旅館は完全に倒壊していたし、祖母は十数分の差で命を失ったかもしれない。そしてマンションから二、三分も歩けば、こうして家を失った人々の集まる場所がある。すべては、ほんのわずかの差でしかなかった。

突っ立っている圭介のすぐ横を、自宅の様子でも見に行った帰りなのか、八十近いと思われる老女が、おぼつかない足取りで通りすぎていく。二、三歩門のなかに入ったところで振り返り、首をかしげながら圭介を見上げた。

「誰か探しに来たん？」

その声はひどくしわがれていたが、見かけよりしっかりとして、落ち着いていた。

「あ……いえ」

いちおう否定したつもりだったが、老女には通じなかったらしい。ふっくりとした微笑みを浮かべると、手を上げて圭介を招いた。その指先が、小さく震えている。「おいで、いっしょに探したるわ」

そのことばに誘われるまま、一歩足を踏み出した圭介の目に、体育館の白茶けた壁が大きく映り込んだ。二階の窓から、いくつもの顔がこちらを見下ろしている。どの顔も、年齢や性や表情の区別をうしない、おどろくほど似通って見えた。

――あのなかに、死があるのか。

足がすくんだ。頬がゆがむのが自分でわかる。老婆は差しかける朝陽に目を細め、微笑を浮かべたままでじっと圭介を待っていた。なにかことばを返そうと思っても、汚れた泥のようなものがつかえて、喉をあがってこない。呼吸がみだれて、喘鳴《ぜんめい》のような音をたてた。

圭介はいきなり老女に背を向けると、追い立てられるように門から離れた。振り返ることもせず、そのまま小走りでフェンスに沿って角を曲がり、東へ駆ける。中学の敷地はすぐにおわり、閉ざされた店舗や崩れた家々がつづく通りにもどった。

足を止め、息がしずまるのを待つ。冷えた空気を吸い込んで、すこし噎《む》せた。いちど始まるとなかなか止まらず、圭介は背中を曲げて、しばらく咳《せ》き込みつづける。目の前では、高架から脱落したレールが冬の風にさらされ、かすかに揺れていた。

バスの乗り場は、探すまでもなくわかった。三宮に着くなり、例の崩れかけたデパートの向かいに、異様にながい列ができていたからだ。

最後尾にいた初老のサラリーマンに確かめると、無言でうなずきかえしてきた。そのサラリーマンは、圭介のバックパックを見ると、なにか問いたげに眉を動かしたものの、結局ひとことも発することなく、手元の新聞に目を落とした。それは、すぐ近くに本社がある地元の新聞だったが、そのビルはかろうじて立ってはいるものの、どう見てもふつうに働ける状態ではない。どうやって発行しているのか、と気になって覗き込もうとしたが、サラリーマンがうるさげに肩で紙面を隠すようにしたのであきらめた。

ながく待つとは聞いていたが、じっさいその通りだった。いちど圭介の数人前で乗車を締め切ったバスがあったが、限界以上に乗客が詰め込まれており、どうにか前後のステップに乗れた人々は、ガラスに押しつけられた顔を苦しそうにゆがめている。圭介はバスを選んだことを一瞬後悔したが、やはり前に通った道筋を辿りなおす気にはなれなかった。

ようやくバスに乗れたのは二時間ほども経ったころだった。朝から何も口に入れていなかったが、空腹は感じていない。ただ、ひどく渇いていた。

数人の差で前のバスに乗りそこねたときは落胆したが、かわりに座席を確保することができた。ぺしゃんこのバックパックを抱くようにかかえて、真ん中あたりの窓際に腰をおろす。まわりはあっという間に人の渦となり、さきほどのバスと同じく、ステップまで人の体温で埋め尽くされた。

圭介の隣は二十歳前後の男性で、やけに暗い顔をしていた。吊り革につかまっている四十歳くらいのサラリーマンが、押されて座席のほうまで身を乗り出してくる。上等な仕立てとおぼしき黒のコートのおかげで暑くてしかたないらしく、圭介の手の甲にまで汗のしずくが垂れた。吊り革を離すと、雪崩をうって倒れてしまうのだろう、サラリーマンは汗を拭うこともせず、半ば体を押しつけるようにしてこちらに迫りつづけた。

運転手が出発のアナウンスをし、バスは静かに滑りだした。深い裂け目をさらしたビルや瓦礫の群れが、ゆっくりと背後に飛び去ってゆく。

——おれたちは、ここにいたい、か。

流れてゆく神戸の街路が、突き上げるように進藤のことばを呼び起こす。が、あらためて強いられるまでもなく、そのことばはとうに圭介の全身に塗りこめられているのだった。

きのうから何十回反芻したかしれない。それでも、今朝まではただ進藤の声が脳裏で繰り返されるだけだった。いまは、それに体育館の白い壁が押しかぶさってくる。

――いったい……。

いくつの死を目にすれば、このおれは、おれたちになるのだろう、と圭介は思った。だが、問うまでもなく、その答えはわかっている気がした。

ふいに圭介の唇が曲がった。自分でもおどろいたことに、笑い声が洩れそうになったのだ。奥歯に力を込めておさえたが、わずかにくふっという音が溢れ出てしまう。隣の男がぎょっとしたように体を竦めた。

――おまえだって、死なんか見ちゃいないくせに。

濁った息が腹の奥から滲《し》み出してきそうになり、紛らすように圭介は窓のほうを向いてつぶやいた。

「持ってきたったやろうが、キンタベート」

故郷のことばを口にするのが、ずいぶんひさしぶりだったことに、はじめて気づく。その抑揚は、下手な俳優が付け焼刃でしゃべるセリフのように不自然だった。圭介の唇が、もういちど、今度はべつなほうに曲がった。

コートのサラリーマンは気づいたのかどうか、あいかわらず汗を垂らしながら上半身を突き出してくる。車内は春かと思うほど温度が上がっていた。

圭介は手を伸ばし、いっきに窓を押しあげた。冷えきった空気が頬を撫でる。

今どのあたりを進んでいるのか、車道の脇では崩れた家屋のそばを二人の少女が歩いていた。おなじ中学のものらしき制服を着ており、ひとりは眼鏡をかけたショートヘア、もうひとりは編みこんだ長髪を後頭部で団子にしている。ふたりは白い息を吐き、話しながらどこか楽しげに瓦礫をよけて進んでゆく。

先に眼鏡の子が傾いた電柱をくぐり、大丈夫とでもいいたげに友だちのほうへほほえみかける。バスが通りすぎるとき、その微笑がくっきりと見えた。お団子の子はなにか声を返すと、軽やかな足取りでやはり電柱をくぐりぬけていく。圭介は首を後方に向け、遠ざかってゆく二人の姿をずっと目で追っていた。


この日、死者は五千人をこえた。

あとがき

ふだん、小説にはあとがきをつけないことにしているが、この本に関してはあったほうが読者の便宜にかなうだろう。

『冬と瓦礫』はご一読いただければ分かるとおり、一九九五年の阪神・淡路大震災をテーマにした作品である。原型となるものを執筆したのは作家デビュー以前、震災後十五年を目前にした二〇〇八年から九年にかけてだった。

いまの私は歴史・時代ものの小説を手がける作家であり、当時すでにそうなることを目指していたが、にもかかわらずこうした作品を書いたのは、震災に見舞われた神戸市の出身だからに他ならない。東京で暮らしていた主人公が帰郷し、家族を親戚のところに避難させるという大筋は私じしんの体験にもとづいている。

とはいえ、人物造型や展開、その他細部にも脚色を加えているから、いうならば歴史小説の書き方に近いのではないかと思う。十五年という節目をまえに、そういうかたちで自分の記憶を残しておきたかったのである。

作中の主人公同様、私は震災を直接体験してはいないし、親族で死者はなく、家もどうにか残った。より大きな悲しみを味わったひとが数多《あまた》いらっしゃるのは承知しているから、ひとつしかない故郷の大事であっても、思いを吐露するのはためらうことが常である。おそらくこうした災害に際して、私とおなじように心もちを呑み込んできた方が大勢おられるのだろう。

作者の意図などは作品にだけ込めるべきもののはずだが、あえていうと、当時の私を執筆に駆り立てたのは、報道などでは取り上げられない、そうした立場の者にもやはり痛みはあるという思いだった。それは小説というかたちでしか表し得ないのではないかと今も感じている。

今回の刊行に際し、さまざま加筆訂正をほどこしはしたものの、大筋は変えていない。十五年まえのじぶんに戻ることは不可能だし、手をくわえすぎることで、未熟ながらに籠めたものが損なわれるほうを畏れたのである。

震災後三十年というのも、刊行を決意する大きな理由だった。個人的な捉え方でしかないが、まだ歴史になり切らないぎりぎりのタイミングだという気がする。ご理解いただければ幸いに思う。

埋もれていた作品の刊行に尽力してくださった集英社文芸編集部の鯉沼広行氏に心からの感謝を申し述べたい。本書がたとえいくばくなりと、悲しみをあらわせなかった方々の杖となれば本望である。

二〇二四年初冬

著者

砂原浩太朗（すなはら・こうたろう）
一九六九年生まれ。兵庫県神戸市出身。早稲田大学第一文学部卒業。二〇一六年「いのちがけ」で第二回決戦！小説大賞を受賞。二〇二一年『高瀬庄左衛門御留書』で第九回野村胡堂文学賞、第一五回舟橋聖一文学賞、第一一回本屋が選ぶ時代小説大賞を受賞。二〇二二年『黛家の兄弟』で第三五回山本周五郎賞を受賞。他の著書に『いのちがけ　加賀百万石の礎』『藩邸差配役日日控』『霜月記』『夜露がたり』『浅草寺子屋よろず暦』など。

＊本作品は書き下ろしです。

装丁／鈴木成一デザイン室

冬《ふゆ》と瓦礫《がれき》

二〇二四年一二月一〇日　第一刷発行

著者　砂原浩太朗《すなはらこうたろう》
発行者　樋口尚也
発行所　株式会社集英社
〒一〇一‐八〇五〇　東京都千代田区一ッ橋二‐五‐一〇
電話　〇三‐三二三〇‐六一〇〇（編集部）
〇三‐三二三〇‐六〇八〇（読者係）
〇三‐三二三〇‐六三九三（販売部）書店専用
印刷所　大日本印刷株式会社
製本所　株式会社ブックアート

©2024 Kotaro Sunahara, Printed in Japan

ISBN978-4-08-775469-8 C0093
定価はカバーに表示してあります。

造本には十分注意しておりますが、印刷・製本など製造上の不備がありましたら、お手数ですが小社「読者係」までご連絡下さい。古書店、フリマアプリ、オークションサイト等で入手されたものは対応いたしかねますのでご了承下さい。
本書の一部あるいは全部を無断で複写・複製することは、法律で認められた場合を除き、著作権の侵害となります。また、業者など、読者本人以外による本書のデジタル化は、いかなる場合でも一切認められませんのでご注意下さい。